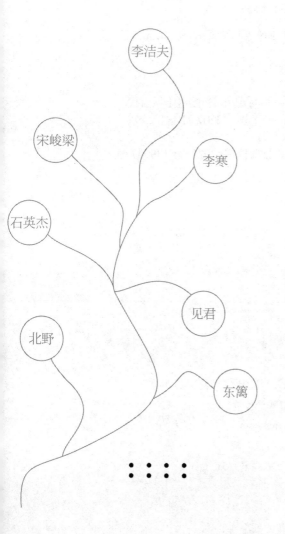

『燕赵七子』诗歌评与译

赵晓芳 著

九州出版社
JIUZHOUPRESS

图书在版编目（CIP）数据

"燕赵七子"诗歌评与译 / 赵晓芳著. -- 北京：
九州出版社，2021.6
ISBN 978-7-5225-0245-8

Ⅰ.①燕… Ⅱ.①赵… Ⅲ.①诗歌评论-中国-当代
②诗歌-文学翻译-研究-中国 Ⅳ.①I207.22

中国版本图书馆 CIP 数据核字(2021)第 139947 号

"燕赵七子"诗歌评与译

作　者	赵晓芳　著	
责任编辑	沧　桑	
出版发行	九州出版社	
地　址	北京市西城区阜外大街甲 35 号（100037）	
发行电话	（010）68992190/3/5/6	
网　址	www.jiuzhoupress.com	
印　刷	成都兴怡包装装潢有限公司	
开　本	880 毫米 × 1230 毫米　32 开	
印　张	8.875	
字　数	170 千字	
版　次	2021 年 6 月第 1 版	
印　次	2021 年 6 月第 1 次印刷	
书　号	ISBN 978-7-5225-0245-8	
定　价	50.00 元	

前　言

这本书是我主持的河北省社会科学发展研究课题的主要内容，编号为：201703050104。

"燕赵七子"是河北现代诗歌阵营中的地域性标志。他们分别代表着河北的唐山、承德、保定、石家庄、邯郸、衡水、沧州。当然，这里面有重叠，比如李洁夫老师和晴朗李寒老师，他们分别来自邯郸和沧州，目前都在石家庄。

当初之所以想到要研究这样的课题主要还是来自于我本人对诗歌的喜欢。我于2015年开始学习现代诗，涉及不到师从何人，就是一个人拿到什么就看什么，因此，最初的学习是杂乱无章的。偶然的一天，文泽予在新浪博客发现了我的那些稚嫩的文字，把它们发给了东篱和郑茂明，并把我带入了唐山"凤凰诗群"。

在"凤凰"这个大家庭里，东篱想方设法为大家提供学习、提高的机会，比如举办各种诗赛，讲座，这也让我的学习突飞猛进，并开始关注河北诗坛的其他活动和报道。同年11月，由郁葱主编的《在河以北——"燕赵七子"诗选》在北京中国现代文学馆举办了首发式，在会上，"燕赵七子"也首次公开集体亮相，他们分别是东篱、晴朗李寒、北野、见君、李洁夫、宋峻梁、石英杰，他们横跨六七十年代，"不仅代表了各个写作方向和诗歌美学，而且从河北地缘文化上而言，也接续了一个坚实的诗学传统"。

对于我这样的初学者，"燕赵七子"这一群体的出现如雪中送炭，它帮助我少走了很多弯路，直接将学习的对象集中在了他们身上，避免了无效学习。

2017年，在河北省社科联课题申报中，我申报了《"燕赵七子"诗歌推广与评、译研究》没想到竟然申报成功，这对我来说真是莫大鼓舞。我本身是学外语的，对于文学的研究，或者对于诗歌的研究是非常不专业的。后来和一位诗友聊天，她说："你有你的视角，为什么非要专业呢？不同的视角去看待同一事物不是更好吗？诗歌本来就是写给大众看的，大众不可能都是专家。诗歌的作用首先在于对心灵的慰藉。如果你从中得到了这种慰藉，并以一己之力把它传递给他人，这难道不是功德吗？"

在她的鼓励下，我开始了自己的研究。

先是从各种渠道查找资料，然后总结分析。为了避免主观感受对诗歌文本的阅读影响，我尽量不去或少去打扰诗人本人，而是将主要精力放在了文本收集、分类和阅读上。我想从一个普通读者、学习者的角度去审视这一群体的意义，以及他们对于河北诗坛的影响。

该书共分为三个大的板块，第一板块主要介绍了其他知名作家、媒体从专业角度对"燕赵七子"的报道、评价、评论以及

"燕赵七子"诗歌的外译情况；第二大板块，逐个对"燕赵七子"诗歌进行研究；第三大板块，主要将七位诗人各个阶段的代表作逐一进行了点评和翻译。

七位诗人的作品，个人风格都比较明显，比如东篱的隐忍，北野的俊逸，见君的隐晦，李寒的激扬，石英杰的硬朗，宋峻梁的朴素，李洁夫的细腻等等；论及主题，东篱关于唐山大地震的记忆较多；北野更多的是将中国传统鬼狐传说与现代思考融为一体；见君对个体生命与灵魂的追问常常让人陷入思考；李寒的诗歌充满家国忧思；而石英杰的写作，则体现了一种"骑士"意义；宋峻梁的诗歌更多表达了一种"日常的从容"；而李洁夫的"灵魂独舞"则有一种"直抵人心"的力量。

在整个写作过程中，七位诗人对我帮助很多。在此，统一表示感谢。

目　录

第一章 综 述

第一节 "燕赵七子"缘起及其诗歌研究综述

"燕赵七子"是继"冲浪诗社"之后在河北文坛兴起的一个诗歌群体。他们在继承"冲浪诗社"精神内涵的基础上,逐渐形成了自己特有的诗风。他们年龄跨度不大,分别为60后和70后,有着对诗歌相对深刻的、相通的认知,他们根据个人经验,从不同角度来书写时代,书写人性。吴媛认为"燕赵七子"的出现,也代表了一种诗歌写作的姿态,一种让诗歌脱离政治,脱离娱乐,脱离哗众取宠,回归本源的写作姿态。

从2014年有此命名开始,七位分别来自河北不同地区的诗人、诗作几乎成为河北诗歌界的一个标志性符号。2015年9月,《在河以北——"燕赵七子"诗选》,由花山文艺出版社出版发行,主编是著名诗人郁葱。本书收录了七位诗人共计291首诗,其中东篱48首,晴朗李寒37首,北野39首,见君33首,李洁夫42首,宋峻梁47首,石英杰45首。书中所录诗作基本代表了七位诗人各自的创作风格。

2017年5月,由花山文艺出版社出版发行了"燕赵七子"诗丛。分别是东篱的《唐山记》、北野的《燕山上》、晴朗李寒的《点亮一个词》、见君的《之后》、李洁夫的《平原里》、宋峻梁的《众生与我》、石英杰的《易水辞》。每一本书或附有郁葱老师的评论性文章《一种诗歌精神的延展与命名》，或附有秒椤老师对该诗集作者的访谈。无论是哪一种形式，都能帮助读者对作者或诗歌做进一步的了解，从而产生进一步的思考。《"燕赵七子"诗丛》的发行让七子以既相互合一又相互独立的身份出现在了大众视野，是对《在河以北——"燕赵七子"诗选》的补充和延伸。

随着诗丛的发行，对"燕赵七子"群体诗歌评论、研究也逐渐如火如荼地开展起来。这些研究并没有局限于文本分析，很多的研究者通过诗歌的研究逐渐转向对作者的研究，从而进一步到文化环境对诗人反作用的研究，包括诗人诗观的形成等。

目前对七子做过系统而深入的研究的，共有十人。对单个诗人、单个作品的研究并未计算在内。这十位诗评家分别是：郁葱、大解、韩文戈、李壮、曹英人、秒椤、霍俊明、阿平、苗雨时、吴媛。

郁葱，著名诗人，河北省作家协会副主席，其作品《生存者的背影》获第六届河北文艺振兴奖，《郁葱抒情诗》获第三届鲁迅文学奖。郁葱曾先后两次撰文评述"燕赵七子"——《无岸之河——"燕赵七子"的诗学意义》和《一种诗歌精神的延展与命名——再论"燕赵七子"的诗学意义》。郁葱在文中指出，作为一个诗歌流派，"燕赵七子"比过去更开放，作为一个群体，比以往更包容。在对七个人的诗歌进行逐一点评之后，他觉得七子都有作为一个诗人成熟的标志。

郁葱认为"燕赵七子"是河北诗歌精神的传承者，已经成为当代诗歌的标志性符号，对于河北诗歌乃至中国诗歌具有史学价值。在文章中，他将"燕赵七子"与古代的"建安七子"做对比，认为"燕赵七子"已经从"建安七子"那里顺承下来了一种气质。

大解，著名诗人、作家。主要作品有长诗《悲歌》、小说《长歌》、寓言集《傻子寓言》，作品曾获首届苏曼殊诗歌奖，首届中国屈原诗歌奖金奖，鲁迅文学奖等多种奖项。大解在《在"燕赵七子"诗歌研讨会上的发言》中与郁葱一样，将七个人的诗歌分别进行了对比，但与此同时，大解希望不要用过多地用地域性来研究和束缚"燕赵七子"，应该把他们放在全国诗歌现场，如果共性不多或不突出，尽量就不要强求去提，唯有给每一位诗人足够自由的发挥空间，才是对诗人、诗歌最大的保护、传承和发展。

韩文戈，著名诗人，20世纪90年代初就有诗集《吉祥的村庄》出版。在他的文章《在通往经典的路上裸奔——写在〈在河之北："燕赵七子"诗选〉首发式暨作品研讨会举办之际》中，韩文戈也逐一对七子的诗歌进行了点评，同时，他说"诗、人并论是大忌……因此对于标签化的点评到底有没有必要，我心里也困惑"。虽说这是自谦之语，但是从中我们也可以看出，"距离评论"还是很有必要的。

李壮，青年评论家，诗歌、评论等见诸各大杂志。在文章《易水河畔复悲歌——"燕赵七子"诗歌印象记》中，他说"燕赵七子"更像一个群体，而非一个流派，这一点与韩文戈的观点不谋而合。韩文戈曾经认为如果非要一个命名的话，叫"燕赵七子诗社"或许会更合适。李壮认为，"燕赵七子"在其作品中都或多或少地涉及了一下关键词：历史、时光（这里面包含了死亡）、故乡、都市。时间与空间、个人经验与群体性时代话题。而实际上，这样的关键词不仅仅适用于"燕赵七子"，同样也适用于任何一个成熟诗人的作品。甚至再扩大一些，它们适用于任何一个成熟的文学从业者的作品，包括小说、散文，甚至于其他的艺术形式。

曹英人，文学评论家，诗人。在文章《关于"燕赵七子"的"反方"论剑》中，强调了"中年写作"现象，他的根据是当时"七子"的平均年龄为 47 岁（2015 年），因此，七子能够站在这样的一个平台上，加之多年的写作和编辑经验也是自然而然的事。同时，他认为"燕赵七子"并不算一个标准意义上的创作群体，并未形成一个统一而持续的创作宗旨、美学倾向和社群活动，没有灵魂性的创作宣言或艺术表率。

桫椤，当代著名诗人、评论家。在所有对"燕赵七子"撰文评论的作者里，桫椤是唯一一个对其中的三位都做过访谈的评论者，他的访谈对于读者进一步理解诗人、诗作起着不可低估的作用。桫椤通过分析七子的文学意义，从而认为"燕赵七子"的推出是河北文坛繁荣发展的重要标志性事件之一，有力地证明了河北小说和诗歌创作互相影响、相互促进、协同发展的新局面。

霍俊明，著名诗人、学者、诗歌评论家，著有专著《尴尬的一代：中国 70 后先锋诗歌》《大学语文》等。在文章《从"无岸之河"到"涉渡之舟"——在"燕赵七子"诗歌研讨会上的发言》中，他承认，"燕赵七子"在诗歌的先锋性方面是有的，是"朴素的先锋性"和"日常的先锋性"。同时他也指出对于这七位诗人来说，他们的写作都已经进入了成熟期，都已经写出了好诗。但是，这还不够。"燕赵七子"缺乏的可能是代表性的诗歌，可以刻在历史和墓碑上的诗。

阿平，著名诗人，著有诗集《大风吹动的钢铁》《唐诗的另一种写法》，作品曾获各种大奖。在文章《简论"燕赵七子"诗学品格及冲击力》中，阿平也倾向于将"燕赵七子"看作一个写作群体，他认为是地域、年龄和精神特质将七个人集结在了一起。他认为"燕赵七子"不仅代表和展示了河北诗歌"先锋、深厚、广阔、多元"的特点，还将矫正中国诗坛以往对河北诗歌的认识误区，将呈现河北诗歌在全国诗坛集体新形象和新活力。

苗雨时，著名作家、学者，著有《诗的审美》《燕赵诗人论稿》《从甘蔗林到大都会——当代诗歌卷》等。在他的文章《点评"燕赵七子"》中，在对七子的作品进行逐一点评的基础上，他认为"燕赵七子"诗风的总体特点是：先锋，深厚，广阔，多元……"燕赵七子"的集结，不仅具有当代文学史的价值，而且对更年轻的诗人，也有现实的直接指引意义。

吴媛，河北省文艺评论家协会会员。有多篇评论文章在省市级报刊发表。在她的文章《边缘与坚守——"燕赵七子"诗歌阅读印象》中，吴媛认为"燕赵七子"的诗歌里有独立自主的人文精神和对宇宙人生的哲理想象，他们批判，并且反省，在对个体与世界关系的把握中构建起独立自足的诗歌世界。

由此可见，各位评论家对于七子在诗歌造诣上，都认为达到了成熟的地步，均能看到"燕赵七子"集结对于河北诗歌乃至河北文学的重要意义，在将"燕赵七子"定位于一个诗歌流派还是诗歌群体上，稍有分歧。正是这样的分歧，才更能引发读者包括七子自己对于写作定位进行更深入的思考。

另外，我们也发现，这些研究者与"燕赵七子"或多或少都有一些私人关系，这样的关系容易将诗、人并论，从而在某种程度上，使得评论中的主观因素干扰对诗歌文本的客观分析。虽说诗无达诂，但是诗歌批评一直是诗歌存在下去不可或缺的因素，也可以说是与诗歌相伴相生的。诗歌批评应该不仅包括认可、赞扬，应该也包括反对与批评，哪怕是幼稚的、不成熟的，只要言之有理、言之有据，都会引发作者的思考。另外，我们发现，十位评论者均是诗歌界的"大咖"，他们的评论能一语中的，切中要害。但是，这里面确实缺乏普通读者的声音，缺乏他们的对于七子诗歌的阅读反馈。诗歌是个人的，也是大众的，诗人没必要去迎合读者口味，但是文艺终究是为大众服务的，所以，在这里，我们也呼吁更多的读者能够说出自己的看法，从而使河北诗坛百家争鸣、百花齐放，也使“燕赵七子”能够以一个文化符号的形式迅速走向全国，争取在更大的文学舞台上占有一席之地。

第二节　“燕赵七子”网络宣传概况

1. 2015 年 11 月 12 日，郁葱在自己的新浪博客上发表文章《“燕赵七子”论：无岸之河——“燕赵七子”的诗学意义》，并系统介绍了“燕赵七子”命名的缘起以及七位诗人、诗作。郁葱在这篇文章里对七子逐一进行了点评。有赞许，有鼓励，也有希望和祝福。

2. 2015 年 11 月 27 日，中新网发表以《河北诗人群体“燕赵七子”作品集出版》为题的文章，文章提到著名作家关仁山、郁葱对七子的高度评价。

3. 2015 年 11 月 27 日中国新闻网发表文章《“燕赵七子”集体亮相承续燕赵诗坛风骨》，并先后被四川在线、新民网、凤凰财经、中国日报中文版、21 世纪新闻、华龙网转载。

4. 2015 年 12 月 2 日环渤海新闻网推出《唐山诗人东篱入选河北诗坛“燕赵七子”》的报道，随后该报道被凤凰网转载。

5. 2015 年 12 月 7 日，何瑞涓在中国作家网发表文章《河北诗歌与“燕赵七子”》。文章中，作者对七子诗歌中的先锋性进行了讨论。

6. 2015 年 12 月 25 日，《保定晚报》推出了《“燕赵七子”齐聚古城畅谈诗歌》的报道，随后被网易河北以《保定：“燕赵七子”齐聚古城畅谈诗歌人生和理想》为题推出。

7. 2015 年 12 月 25 日，网易河北推出了《"燕赵七子"诗人代表进高新区小学 才情闪耀校园》的报道，讲述了 12 月 21 日燕赵七子走近保定高新区小学与孩子们畅谈诗歌的情景。

8. 凤凰诗刊发表了 2015 年 12 月 26 日发表了同年 7 月 26 日郁葱完成的文章《无岸之河——"燕赵七子"的诗学意义》。

9. 2016 年 1 月，唐山文学刊登资讯《在河以北——"燕赵七子"诗选首发式暨作品研讨会》，并被中国知网收录。

10. 2016 年 4 月著名诗人大解发表论文《在"燕赵七子"诗歌研讨会上的发言》于《诗潮》杂志，并被维普网收录。

11. 2016 年 5 月 6 日，《衡水晚报》推出题为《第五届衡水湖诗歌艺术节 5 月 7 日启幕》的报道，随后被中国新闻网网上推出。

12. 2016 年 5 月 7 日，河北新闻网发表文章《第五届衡水湖诗歌艺术节暨"燕赵七子"衡水行启幕》。文中介绍了诗歌艺术节中的在你的眼睛和我之间——"燕赵七子"与中国诗歌的"当下"诗歌研讨活动。

13. 2016 年 10 月 13，河北新闻网推出题为《【惠民书市】〈在河以北——"燕赵七子"诗选〉读者见面会》。

14. 2016 年 10 月 13 日宁夏在线推出了《"燕赵七子"：在诗歌中寻找精神的故乡》。报道了燕赵七子列席河北省的第四届惠民阅读周的活动现场。该报道还介绍了《在河以北—"燕赵七子"诗选》一书，并通过采访，展现了燕赵文化在诗人诗观形成中的作用。

15. 2016 年 10 月 3 日，中国新闻网发表《河北诗人群体"燕赵七子"聚首 探寻诗意世界的"原点"》。该报道以另类的视角将七位诗人可爱、真实、深刻、悲悯的一面展现无遗，同时也让读者对他们以及作品肃然起敬。随后该文章被凤凰资讯、新华网、凤凰网转载。

16. 2016 年 10 月 17 日，长城网推出了题为《"燕赵七子"诗歌创作交流会与您相约惠民书市》的报道，对七位诗人和《在河以北》进行了报道，并附有相关视频。随后文章被凤凰财经、中国网新闻转载。

17. 2016 年 11 月 16 日，《邯郸日报》推出了题为《中国邺城第二届建安诗歌节暨燕赵七子邯郸行掠影》的报道，随后被河北新闻网推出。主要报道了中国邺城·第二届建安诗歌节暨燕赵七子邯郸行开幕式的盛况。

18. 2016 年 11 月 16 日新华网在文化简讯板块推出了题为《临漳：建安文学发祥地古邺城举办诗歌节》的报道，并对"燕赵七子"的文化地位给予了肯定。

19. 2016 年 12 月 3 日，"燕赵七子"之一、著名诗人北野诗歌专场朗诵暨《读唇术》唐山分享会举行。并在《凤凰诗刊》上有专门报道。

20. 2017 年 2 月 17 日，河北新闻网推出了郁葱的文章《2016年河北诗歌阅读札记：稳健扎实的诗歌音韵》。他认为 2016 年，河北知名的青年诗群"燕赵七子"更为成熟。

21. 2017 年 3 月 6 日，中国诗歌网推出文章《2016 年，河北诗坛有什么大事件？鲁迅文学奖评委郁葱带你浏览过去一年的燕赵诗歌》。这篇文章也是在河北新闻网推出的题为《2016 年河北诗歌阅读札记：稳健扎实的诗歌音韵》的郁葱的文章。

22. 2017 年 5 月 7 日、5 月 8 日、5 月 11 日，著名诗评家吴媛在公众号"保定诗歌"上连续发表文章，评论燕赵七子及其诗歌。相关文章有《女评论家眼中的"燕赵七子"——东篱与晴朗李寒》《女评论家眼中的"燕赵七子"——北野、见君、李洁夫》《"燕赵七子"之石英杰—最后的骑士》。2017 年 5 月 11 日，著名评论家吴媛在搜狐网的"印象易州"板块发表文章《"燕赵七子"之石英杰—最后的骑士》，对石英杰的作品做了相对专业、系统而客观的评价。

23. 2017 年 6 月 18 日长城网推出题为《"燕赵七子"诗歌群体广受瞩目 我省首立项系统研究》的报道，该报道介绍了"燕赵七子"诗歌艺术暨 2017 年度河北省社会科学基金项目开题研讨会的部分情况，并对七子诗歌集进行了再次梳理。并爆料同年 5 月，由廊坊师范学院文学院副院长王咏梅主持申报的 2017 年度河北省社会科学基金项目《多重视域中的"燕赵七子"诗歌艺术研究》被省哲学社会科学规划办准予立项。随后，华龙网进行了转载。

24. 2017 年 6 月 21 日，河北新闻网推出了题为《"燕赵七子"诗歌艺术 研讨会在廊举办》的报道。随后被中国青年网转载。

25. 2017 年 6 月 24 日，新文阁推出题为《"燕赵七子"诗歌艺术研讨会在廊坊举行》的报道。

26. 2017 年 12 月 6 日，中国诗歌网推出李洁夫的文章《燕赵七子那些事儿》，里面大致理顺了关于"燕赵七子"从命名到进入正规研究视野的历程。

27. 2018 年 1 月 12 日，著名诗评家苗雨时在自己的新浪博客上发表文章《点评燕赵七子》。文章重点分析了七位诗人的写作风格和特点，对于他们的诗歌给予了高度评价。他认为："燕赵七子"的集结，不仅具有当代文学史的价值，而且对更年轻的诗人，也有现实的直接指引意义。

第三节 "燕赵七子"诗歌翻译研究综述

随着"燕赵七子"诗歌的推广，七位诗人的诗歌也越来越多地被翻译成了其他语种。这种翻译活动对于其走出河北走向全

国，乃至于走向世界起到了一个触发器的作用。七子之中，李寒
自己就是一位翻译家，因此他在诗歌写作与翻译中如鱼得水。他
的很多作品都被翻译成了俄语。北野的诗歌早有集子被天津师范
大学的张智中教授翻译成了英语，包括《身体史》。张教授的翻
译具有很强的美学特质，与北野诗歌的神秘多重的特性融为一
体，浑然天成。同时，北野的很多作品也被其他翻译家翻译成
藏、维、蒙、朝鲜和法语等。在中国诗歌网，"燕赵七子"的诗
歌也在不断地被翻译成英语等多种外语。在自媒体充分发展的今
天，很多的公众号也相继推出了七子诗歌的英译版本。这些译文
水平参差不齐，有些具有较高的研究价值，有些只是翻译爱好者
的练习之作。但是由于公众号的媒体性质，其传播速度和广度都
远远超出了翻译习作的范畴，并在一定范围内产生了特定的
影响。

　　由于翻译水平的问题，导致很多只读那些公众号中的英文译
本的读者对七子的诗歌水平产生质疑。我们知道，译者水平在很
大程度上，会直接影响到读者对于原著水平的认知。下面，我们
将举例进行分析。

　　北野的诗歌中，有这样一首《磨坊》：

磨坊

　　磨坊转动，阴影中露出的脚

　　是螳螂故意涂黑的刀柄

　　带着生铁的光泽，鬼来回跑动

　　在墙壁上出没，它们的身影

　　消失得比蝙蝠还快，尽管它们四肢

　　早已磨得又尖又亮，尽管

　　屋檐在夜晚之上，尽管月光滔滔

我仍然拉不住一个疯子的身体

和一头绕着磨坊拼命奔跑的驴子

我常常深夜醒来，和它们混在一起奔跑

而这些，都是为谁的诡计而设呢？

下面是张智中教授的译文：

The Mill

The mill is turning, and the feet revealing in the shadow

Is the hilt intentionally blackened by the mantis

With the sheen of pig iron, the ghost runs hither and thither

Appears and disappears on the wall, their shadow

Disappears more quickly than the bat, although their limbs

Have been sharpened and brightened, although

The eaves are above the night, although the moonlight is surging

Still I fail to pull the body of a lunatic

And a donkey which runs wildly around the mill

I often wake up in the depth of night, to run together with them

All this, is designed for whose deceit?

这是北野《身体史》中的开篇之作。张智中教授的翻译，在忠实原作的基础上，充分显示出了英语诗歌的语言魅力，即我们所说的"以诗译诗"。作为中文读者，在读中文译作的时候，遇到的最大的困难，大概就是句法差异。英语句法与汉语句法，尤其针对诗歌而言，有很大的差异性。比如汉语句式多主动句，逻辑关系往往不通过连词表达，甚至在独立主格结构的运用、状语的位置上也有很多差异，如果再细化一下，连构词都会造成翻译的误解。如果把英诗汉译对于译者英语水平的要求做一个简单的量化说明，我们可以说只要英语水平达到大学英语六级的，基本可以翻译大概，如果译者本身具有诗人特质，对于汉语诗歌能有一定的鉴赏和领悟能力，同时又可以写上几首像样的诗歌，那么他翻译起英语诗歌来，很快能驾轻就熟，尤其是在目前机器翻译日益完善的今天。但是，反过来，汉语译成英语，难度就会增大好多，当然，这里的难度是指的我们从专业角度所说的诗歌翻译的基本标准。

　　单纯就翻译的标准来讲，早在五四时期，严复就提出了"信、达、雅"的说法。所谓"信"就是忠实于原作；所谓"达"，即充分表达原作所要表达的内容；所谓"雅"，即行文雅致。这里的"雅致"除了最初的所谓用语要古汉语以外，还有一层意思，那就是用语要精准，不拖泥带水。不同的文体对于语言的要求不同，就诗歌而言，翻译用语必须是诗歌的语言，必须与原文在行文特点上保持一致性。因此，对于汉译英诗歌译者的要求，除了普通意义上的"懂英语"以外，还需要懂得英语诗歌。显然，很多的译者只是按照字面进行了基本的语法规整，只能说那是一个个完整的英语句子，不是英语诗歌。如此，很好的一首诗，经过译者加工，竟然变得索然无味，大大降低了原作的魅力，对原作是一种致命的损耗。

　　回到张智中教授的这首翻译作品，我们可以看到一个专业的译者对于原作的理解，对于两种文化之间差异的巧妙处理。我们举例来说，第一句：磨坊转动，阴影中露出的脚/是螳螂故意涂黑的刀柄/带着生铁的光泽。在这里，译者采用了现在分词作定语以及过去分词作定语的语法结构，The mill is turning, and the feet revealing in the shadow/Is the hilt intentionally blackened by the mantis/With the sheen of pig iron…. 如果采用从句翻译，则容易陷入一种琐碎无味的解释性翻译，给读者留白太少。如果单纯按照汉语特点，后一个过去分子作定语的句子很容易被翻译成主动句式，那样，又会让英语读者摸不着头脑，这是一个语言习惯问题。

美中不足的是"……在墙壁上出没，它们的身影/消失得比蝙蝠还快"，此处，翻译是：Appears and disappears on the wall, their shadow/Disappears more quickly than the bat…很显然，appears and disappears…disappears…. 如此译法，在选词上看似有些草率，诗歌字数有限，作者的每一个字，每一个词都是经过深思熟虑的，这样重复使用的词汇，如果不是迫不得已或者别有深意，无论是在诗歌创作还是诗歌翻译中，都应该尽量避免。我们可以把"出没"一词翻译为：haunt。Haunt 在字典里的解释为：vt. 常出没于…；萦绕于…；经常去…vi. 出没；作祟；n. 栖息地；常去的地方。因此 haunt 不仅仅是出现和消失那么简单，而是不断地出现和消失，并且有萦绕不散的感觉，所以，如果单纯翻译成：appear and disappear，则显得单调了一些。

我们再以中国诗歌网"鸭先知"编译团对七子之一的东篱老师的《中秋后，荒山独坐》翻译为例：

中秋后，荒山独坐

老天把脸拉拉到
谁欠他八百吊的长度
漫山的小野菊不明白
为什么向日葵
会被秋决
半空中的鹞子鸣叫着
是找寻配偶
还是觅猎食物？
我独坐山顶
不是思忖破败的乡村

山脚下的农民在收获
不喜也不悲
远处婚庆的歌声
与白事并无二致
仿佛一句箴言
亘古如斯

AUTUMN, SITTING ALONE ON A BARRENHILL

Old Heaven has a long, drawn-out face,

someone must owe him 800, 000 in cash plus interest.

The hills are overflowing with little wild daisies,

but not a single one of them knows

why the sunflowers were all executed in autumn.

Midway in the sky, sparrow hawks screech.

Are they looking for mates

or hunting for food?

I sit on the hilltop, alone,

not thinking about my tumbledown village.

The farmers are harvesting at foothill,

Looking neither happy or sad.

Singing comes from a distance; it's the sound of amarriage,

the same music as a funeral,

as if alluding to a maxim:

There's nothing new under the sun.

Translated by Duck Yard Lyricists

东篱的诗歌语言多倾向于口语，尤其是地方口语。比如"拉拉脸""欠八百吊钱"等等。在翻译这些文化负载很重的词汇的时候，鸭先知编译团的处理方式是直接将 has a long, drawn-out face 和 someone must owe him 800, 000 in cash plus interest 进行了直译。拉拉脸，本来是一个动词词组，这里翻译成了一个静态的有 has 引导出来的句子，把虚数词"八百吊"用一个很具体的"800,000 现金加利息"的方式表达出来。实际上"拉拉脸"在当地的意思是：不高兴，低沉着脸，即阴天。在英语中表示阴天的有下列表述：cloudy, overcast, 如果用拟人修辞，可以有 gloomy, morose, glum, depressed, frustrated, downhearted, down in the dumps, a dog's life, a long face, be down in the mouth, 很显然，这里的 a long face 与原文表达的意思非常吻合，所以在这里，原文与译文达到了一种水乳交融的完美结合。

但是，原文中的"八百吊钱"，只是想表达很多钱，一大笔钱的意思，英语中有相似的表达。比如：a sum of money, a pile of money, heavy sugar, a packet, a pot of money, a mint of money, a barrel of money, 但是此处译者译为：800, 000in cash plus interest 就有点容易让目的语读者不知所措。英语中并没有类似于"八百吊"这样具体数字表虚的说法，这样的文化负载词，个人认为为了不造成阅读障碍，可以采用类似于口语的表示很多钱的说法，比如：a pot of money.

"燕赵七子"石英杰的诗歌则偏向于"风萧萧兮易水寒"的侠骨柔情与悲天悯人。在英译过程中，最大的障碍莫过于对其诗中历史典故以及行文中看似简单但背后却意义深刻的处理。我们以《燕山下》为例：

乌云的翅膀一动不动了

草原仍然向苍茫的远处走去

孤独的山羊蜷卧着
眼里闪动的泪水就要落下来

我看了又看
怀疑她不是羊，而是一座受伤的山坡

At the Foot of Yanshan Mountains

Wings of the dark clouds are motionless
The prairies still stretch out to the dusk distance

The tired goat lies down lonely
Tears in its eyes shall burst out quickly

I stare at her as if it's not a goat
But an injured slope

该诗歌的翻译者是禾秀，是一位英语教师，同时也是一位现代诗人，整首诗在翻译风格上，与原著的写作风格相似，都采用了相似的行文。但是在修辞技法上，译文作者有过多衍译的迹象，导致目的语读者往往不能完全领会原作中的一些修辞之美。比如原著中的"草原仍然向苍茫的远处走去"，译者翻译为：The prairies still stretch out to the dusk distance。即草原向苍茫的远方伸展。"伸展"与"走去"相比，少了很多的苍凉感。旧体诗人尚海鹰曾经说过：文化定义语言，除非两种文化都彻底精通，通晓其相似与差异之处，如此才能找到较好的解决办法，否则，面对一首诗歌，衍译则远远不如直译。从衍译到译者独创，到译者与原作者共创，共创程度越高，翻译也就越容易成功。著名旧体诗人曾峥也提出诗歌需要直译的观点，他认为真正的好诗不怕直译，而且衍译掺杂了太多译者的主观因素，即融入了译者个人对于诗歌的理解，译出来的诗歌不再是原作者的意思，而是译者理解的或者认为的原作者的意思，这样对于原作中的留白往往会出现曲解甚至忽视。因此，对于石英杰的部分诗歌，我们的建议是能直译的则尽量直译，如果实在不能直译，再采用其他手段。

诗歌翻译不同于其他文本的翻译，充分发挥译者主体性的同时，也要注意到原作的气质问题。也就是说，诗歌可译，但是必须要注意：译者应该选取与自己气质相似的作品进行翻译，而不是拿起来就翻。否则，无论是遣词造句还是行文节奏上，都会出现一些尴尬的结果。

综上所述，在对"燕赵七子"的诗歌翻译的过程中，除了要注意文化差异带来的翻译问题以外，还要了解每一位作者的行文造句特点，了解他们的文字背后要表达的意思，尽量实现许渊冲"三美"的标准，即意美，音美，形美。

第二章　走近"燕赵七子"

第一节　东篱其人、其诗

东篱，1966 年元月生于河北丰南。中国作协会员，河北省作协诗歌艺委会副主任，唐山市作协常务副主席，唐山文学院院长。出版诗集《从午后抵达》《秘密之城》《唐山记》。曾获河北诗人奖、孙犁文学奖、红高粱诗歌奖等奖项。

"时间本身就赋有诗意，它本不代表什么，大地却靠它进行隐喻。"这是诗人孟醒石在评论东篱诗歌的时候说过的一句话。他认为一直到 90 年代末期，东篱的诗歌完全是自然的天高云淡和细腻的个体感受。既没有刻意去赞美什么，也没有意图去批判什么，他只是在抒情，并没有要卷入诗歌的某种"主义"的意图。甚至于在今天，他也并不去扭曲什么或者放纵什么，他的诗歌依然坚持着这种朴素的唯物主义，最大的特点就是：呈现、呈现、呈现。当然这种呈现并不是简单的描摹，而是一种经过书香浸润过后的呈现，因此在东篱身上，更多的是一种读书人的情怀，东篱的诗歌更多的是一种传统的读书人的思考，甚至在某些方面，是对传统文化旧体诗词的一种延续性写作。

在谈到诗歌的世界主义和地方性的时候，诗歌评论家霍俊明说：就个人化的历史想象力而言，"燕赵七子"中更突出的是东篱。这不仅与东篱所处的唐山这样一个具有特殊历史的空间有关，更与多年来形成的东篱诗歌的话语方式有关。他认为东篱的诗歌写作，充满了对过往时光的怀念和挽留，对当下现场的关注与凝思，对乡下记忆的当前复现。他的这些基本企图都充满了一种活力，这种活力又是以对生命和存在，对语言和想象的多重关注为起点的。

王来宁则认为东篱的诗歌中充满着身在其中的日常生活。铺叙日常生活中人的物欲、人情成为东篱诗歌中内在主题话语。同时，东篱的文字又是存在于虚构的基础之上的现实，是与现实无限接近的虚构。在虚实转换过程中，实现一种精神的抵达。

徐敬亚在评论东篱的诗歌的时候说：读东篱的诗，使我想起聂鲁达的开阔与刚健，也想起普希金的忧郁。他的抒情诗，有想象的情绪宽度，有语言的击打强度。最引人共鸣的是其中饱含着的内心忧伤。那是我们整整一个时代破败的心情。徐敬亚说：我愿意强调地表示，东篱诗歌中有"赤子之心"般的平民语感。它真切、朴实。像日记般自语和朋友间倾诉，毫无忸怩作态，那是北方大平原的性格。他认为东篱的诗意方式可能更适合长诗写作。我说过"三百条小鱼拼在一起也不是一条大鱼"。已经具备了足够情绪宽度与强度的诗人，可以扩大感知视野，加重诗的生命力度，写得更重些，更长些。很多浓重、宏大的诗意，在小操作中浪费了。

敬文东认为东篱的诗歌，就是要在所有矛盾着的事物和各要素之间，找到最隐秘的联系、最恰切的平衡，要在不伤害任何事物的过程中，保证人、生命和世界成就其自身。很显然，这是一个优秀诗人的基本素质、心性和能力的体现。同时，敬文东认为时光是东篱诗歌最重要的主题。东篱在顺应命运和消逝后，使用的是赞美的态度；较之于抱怨、绝望和恨，赞美更需要心劲。有意思的是，东篱对人世间的许多光鲜的俗世勋业采取了蔑视的态度，这一点刚好跟颓废有关。东篱的颓废看起来是自觉地。颓废不是萎靡和萎缩，是在强大心劲支持下对生活所持的某种态度。明确地说，是对成功的对抗，安于自己的蔑视者身位。但东篱这样的颓废者不是一般的颓废者，是笑着的颓废者。

苗雨时在评论东篱的诗歌的时候说：东篱的日常生活写作，不同于其他诗人。他把日常生活置放于灰暗的文化历史语境之中，入乎其内，又超乎其外。这种审美取向，不只使他的写作氤氲着时代气息，也使他的诗歌有了内在机质，并孕育了诗人的生命温度。这样，诗歌真正贴近生活，因此，在生活的沃土便生长出原初、本色的艺术风姿。他的语言是生命语言，除广泛使用当代鲜活的日常语言之外，还葆有中国古典诗歌的气韵。他的话语方式，是自语独白和向人倾诉，其语感和调性，则是真实、质朴、自然、亲切……从而使诗人的生命意涵获致了一种生气灌性的生命表现形式。

张学梦则认为东篱的诗歌不属于现代派，但具有现代性；他的诗不属于先锋派，但具有先锋性；他的诗不属于实验派，但具有实验性。他认为东篱的诗句虽然轻盈，却有着坚实的定力。不冷冽，有温度，在零上，一种近似温和、温暖、温煦、温馨的温度。他的叙事沉稳、舒缓、淡雅，某种文人气，某种隐隐约约的禅意。词语往往徐徐掠过物象表面，但偶尔垂下去的形而上根须，却泄露了冷静词语符号掩蔽下的他诗歌精神的美学气质：热切。东篱的诗有一种几乎不露痕迹的机巧。他善于把抽象具象化，把宏观微观化，把客观主观化……而且能做到波澜不惊，信手拈来。时间是东篱诗歌的一个或显或隐的基本要素。时间弥漫着他叙事的所有场景。时间在诗行中潺潺流动，滋润着每一个词，每一个字。他的诗之所以给人一种平稳、舒缓、宁静、平如的气象，或维持他心理气场的恒定，那其中的奥秘，也许就是他一直在用未来时的虚无消解现在时的紧张。同时，张学梦认为东篱诗中的散淡，几乎构成了一种人生哲学。

卢桢认为东篱总是有意地和他的言说对象保持审慎的审美距离，避免情感过度介入而淹没了事物的本真属性，这使得他穿梭于观察的"及物"与情感的"不及物"之间。他的诗歌尽可能避免那些不必要的修饰和情绪的过度张扬，文字简省，如雨后湿润的土地般干净、通透，安静而又亲切。

杨立元认为东篱的身上积淀着浓厚的乡村文明，集萃着中国农民的质朴、善良、坚韧、聪慧、宽宏等美质，这也是父母传给他生命中的最精粹的东西。他认为东篱的诗"是心灵饱蘸心血流出来的真情话，是灵魂深处震动出来的诗"。

格式认为东篱习惯通过自语式的废话或绕的形式，来化解当下的紧张与矛盾。

张凡修说东篱的诗语在明喻隐喻两极之间穿梭自如，奇诡地挥霍。既是一种逼近，又是一种放纵。先缓慢，先柔软；及至鞭笞，及至刺髓，及至叫人心生惊恐，不情愿地挣扎于脖子上套牢的木枷；扭曲时疼痛，不扭曲时，木刺也扎出血来……又不得不回过头，再次舔一舔诗人抛给我们的"药渣"。

蒲素平认为因其专注，使其情感烈度极高，因其精神的疼痛，培育他悲天悯人的情怀和担当与感恩的精神。因其反思，使其诗歌低沉而辽阔，脱离具体事物固有形体，飞翔在记忆之上，情感和思想完成多次置换之后，打通了现实与超现实的通道。

李壮说东篱善于将强烈的情感化作意象或动作。他认为东篱的诗歌显示出一种鲜明的气质：孤寂、深沉、带着时光的刻痕，在貌似从容的节奏背后，又藏着创痛与不安。

韩文戈在对东篱诗歌的评介时说他愿意用上"火候""劲道"

"全方位"等词语。他认为东篱能在恰好的火候，使诗歌呈现出生命恣意的某个特定时刻的感觉，这正是他欣赏东篱其人其诗的地方。他觉得东篱深谙这种张弛之道，使他的诗歌获得了来自艺术创作中的平衡力量，这是知性的胜利：语言清晰、内容丰富、风格多元。

大解认为东篱早期的诗，比较单纯和专注，情感浓度大，他总是用朴素的语言准确地处理当下事件和个人的生命经验，却又使诗在纯粹的表述中透出强烈的感染力，尤其是他写母亲和父亲的诗，用笔不多，感人至深。近些年来，随着年龄的增长，东篱的诗逐渐变得沉郁而宽厚，人未中年，诗已沧桑。唐山是个有地质伤害的地方，用东篱的话说，是一个"重伤的城市"，埋藏过巨大的废墟和死亡的伤痛。在那里，悲天悯人，忍耐和感恩，已经成为一个诗人的内在潜质。但是，他没有沉浸的历史的悲痛中，而是把宽泛驳杂的生活纳入自身的命运中，通过一个人的精神之旅，寻找众生超越之路，试图在残酷的现实中得到救赎。东篱的担当，来于自身，却大于自我，这些因素成就了他诗歌低沉而辽阔的气质。

综合以上各位专家的观点，现归纳如下：

1. 诗人东篱是农民的儿子，故乡、父母、乡村是他的诗歌主题之一。

2. 诗人东篱是一个读书人，因此具有传统读书人的温润、柔和，不刺眼，不锋利，不绝望，不张扬等等个性，这些在他的诗歌中多有体现。

3. 东篱生在唐山这座具有灾难记忆的城市，他的诗歌气质也与这座城市一样，具有一种隐忍、负重的倾向。

4. 东篱和所有的现代人一样，对于现代城市有疑惑、焦虑，甚至对于回归充满无限的向往，因此，凡有回忆色彩的诗歌，总是被他写得有声有色。

下面，我们将从这些身份定位出发，走近诗人东篱的诗歌世界。

一、一个传统的读书人

东篱生于 20 世纪 60 年代。著名诗人孟醒石说：当时的"二元"社会，读书是唯一通向外面的桥梁，即使是已经从农村踏入城市的青年，也有对"融入文化"的迫切，表现出拥有一种读书的习惯。随着认识的深入，逐渐发觉"融入"其实是一场误会，书读得越多越容易"感怀"，这种感怀在东篱的诗歌中随处可见。我们以《读碑——在河北理工大学原图书馆地震遗址》为例：

> 这长方形的石盒子
> 原本是放书的
> 后来放了人
> 再后来是瓦砾和杂草
>
> 那一年一度的秋风
> 是来造访黑暗和空寂吗？
>
> 一本书
> 也会砸死一个人
> 一个人
> 终因思想过重
> 而慢慢沉陷到土里
>
> 如今，我不知道
> 是愿意让书籍掩埋
> 还是更愿意寿终正寝

M 形的纪念碑

有点儿晃

仿佛三十六年来

我一直生活在波浪上

如何能翻过这一页？

汉白玉大理石的指针

太重了

东篱来自唐山丰南农村，接受的是中国最传统的教育，在当时，读书是一个农村孩子走出土地改变命运的唯一出路，同时为了成全一个所谓"比较有天赋而且还很勤奋"的孩子的命运，往往会以牺牲其兄弟姐妹接受更多学校教育的权利和父母更为辛苦的操劳为代价。这无形中，又会给这个将来能"出人头地"的孩子带来巨大的精神压力，使其在奋斗过程中，一面跌跌撞撞地前行，一面满怀愧疚地回望。书，在东篱的诗歌中具有很深的意味，可以是具象，可以是时间，可以是悲喜，也可以是思考。而我们提到的《读碑》，无疑也是诗人在前行过程中的自我反省。我们读书究竟是为了快乐，还是为了清醒？或者是为了不孤独？东篱在其组诗《我终究成了孤儿》第一首《母亲的身体》中曾这样写道：

......

我试图清退四十多年来偷走的东西

哪怕一小部分

除此，我找不到更好的赎罪方式

我还要替兄弟姐妹们偿还

我比他们多读了几年书

因此罪孽更重些

我不能

一边叫着妈妈

一边眼睁睁地看她变成

一条干瘪的布袋

这一首诗，无疑是在回望的过程中以母亲去世为导火索，将压抑多年的愧疚宣泄出来。"我比他们多读了几年书，因此罪孽更重些"。中国文化里，向来提倡"忠孝不能两全"，在世间没有"双全法"的时候，"忠"的比重总是以绝对的优势压倒"孝"。"好好读书，就是对父母最大的孝顺"，相信这句话，大家都不会陌生。因此，在中国学生的字典里，读书约等于孝顺，甚至约等于忠孝两全。可是，随着年龄和阅历的增加，这种"自我安慰式的孝顺"在当年那个读书的孩子身上逐渐会化为内疚，甚至罪恶感如影随形。

二、大自然中孤独行走的孩子

有人说读书是为了不孤独，而实际上，读书越多，在人群当中就越会感到孤独。喧嚣向来都是属于庞大的群体的狂欢，而非有强烈自我认知的个体。同时，针对个体而言，孤独感往往与生俱来。而孤独也是一个诗人必不可少的心理气质。面对孤独，现代人有很多的做法：买醉的，追求短暂欢愉的，大声喧哗并标新立异的，喋喋不休地诉说的……在这个鼓噪的世界，似乎每个人都在诉说，都急于需要别人懂自己，但很少有人能坐下来倾听，因为倾听是需要极大的自处和心理自立能力的。

孔子在《论语·里仁》里说：君子讷于言而敏于行。面对孤独，东篱依然犹如"20世纪20年代的读书人"一样，选择了沉默。但这并不等于淤积孤独，压抑性情。相反，诗人采取了积极的情感宣泄方式，那就是：在沉默的同时，去大自然中倾听和注

视。他把自己融入自然，看日落，听鸟鸣，与湖水注视，与芦苇
为伍。在东篱的诗歌中，我们能充分领略他的"众生平等"的理
念，在他的眼里，万物有灵，且美。我们以《叶落青山关》组诗
中的《自由的睡眠》为例：

倦了，便躺在木椅上睡着了

醒来，仿佛身陷壮阔的鸟巢

风声，鸟鸣，苇叶摩擦声

织成一张巨网，将我罩住

风是自由的，裹着苇叶的味道

芦苇是自由的，粘着小鸟的体温

鸟是自由的，飞与不飞、鸣与不鸣皆随性

鸟鸣是自由的，飞高声自远，非是借春风

我的睡眠是自由的

我因由来已久的鼾声

未能搅乱芦苇荡固有的秩序

打扰到风声和鸟鸣

而感动不已

诗人对自然始终有一种敬畏之心，而这种敬畏之心正是中国
传统文化最核心的部分。在这种文化中，我们往往把自己放到很
低，甚至低于尘埃；我们也会把自己放得很轻，甚至轻到不值一
提。"我因由来已久的鼾声，未能搅乱芦苇荡固有的秩序，打扰
到风声和鸟鸣，而感动不已"。此时，谦逊、内敛、悲悯的情怀
一一跃然纸上。

三、寻找还乡之路的游子

东篱写过很多关于家乡的诗，但并不是单纯的怀旧或者思
念，而是一种浸淫其中并不想有任何改变的认命者并且有时还能
自得其乐。比如这首《叶落青山关》：

我爱极了这暮年之色

它由黄金、骨骼、光阴

月亮的通达和秋风的隐忍组成

群山有尘埃落定后的宁静

偶尔的风吹草动

不过是郁积久了的一声叹息

石头开花了，仿佛历史有话要说

张张嘴却咽了回去

我端坐其上，明白自己的修炼

远不及石头的一二

有观光者八九，御风而行

仿佛奔跑的草籽，急于找安身之地

无疑，此时，诗人的审美不具有任何破坏性。诗人来自农村，这种母根文化决定了其一生的审美取向。同时，由于这种身份，特别容易导致心无所属的尴尬。对于乡村，他们是"城里人"，而对于城市来说，他们是"外县的"。这种心理上的无依感让人往往无所适从。有人说"心里有什么，眼里就有什么"，在诗歌最后"我端坐其上，明白自己的修炼，远不及石头的一二，有观光者八九，御风而行，仿佛奔跑的草籽，急于找安身之地"便暴露了作者心底最真实的感觉。不要忘记，"我"也是"观光者"之一。

所以，在诗中，诗人一直在寻找，屡次提到"还乡"这个词，比如《南湖晚秋》里：不是秋风在扫落叶，是落魄的人在寻还乡路。再比如《还乡日》：这一骤然间的悬空/让所有的还乡/都成了奔丧之路，再比如《秋风还乡河》：而今，我身在故乡，却不知故乡为何物。

四、故乡苦难的反思者

东篱居唐，唐山，本是一片人杰地灵的沃土，却以 1976 年的大地震闻名于世。这种灾难带来的疼痛与绝望大概只有亲历者才能体会。东篱写过很多关于唐山大地震的诗歌。比如：《黄昏——在唐山大地震遗址前》《家园——在唐山地震遗址公园》《读碑——在河北理工大学原图书馆地震遗址》《碑影》等等。这场灾难触动了诗人关于生死的进一步思考：我一次次地来/不为凭吊，不为对饮/面面相觑而已。此时，作者的诗歌已经提升到了"生命无意义"的高度。没有声泪俱下的控诉，没有痛不欲生的思念，只有"面面相觑"而已。只是看看，什么也不想，无辜无奈无语无泪。这四个字表面风平浪静，实则暗流汹涌。这场地震，让一座城市成为废墟，也让很多人的心成了废墟。在冯小刚拍摄的电影《唐山大地震》里，有一句让人忍不住会落泪的话：人没了，就啥都没了。诗人一次次去抗震纪念碑，不带任何目的，就是想去看看。同时，在时代发展的洪流当中，由于集体性的浮躁与无信仰，使得他又对这座城市充满了忧患意识。如这首《碑影》：

> 这座城市，还很年轻
>
> 还在成长，并患有时代的狂躁症
>
> 那些冰冷的塔吊，毋宁说是人类的反骨
>
> 膨胀的欲望之手，在疯狂地攫取
>
> 土地已瓜分殆尽
>
> 新的势力范围，早在密谋敲定中
>
> 白云老无所依
>
> 小鸟狭窄的航线被挤占
>
> 风只能在庞大灰森林的缝隙间
>
> 孤独地哀嚎

仿佛抗震纪念碑底下那些

三十六年来仍未散去的阴魂

"灵魂居无安所，肉身不过一具行尸"

这座重伤的城市

那些轻伤的人，仍在加快围剿的步伐

东面万达广场直插云端，富丽堂皇

西面新世界中心和北面新唐佰大楼

成功跑马占地

唯南面，貌似玉在椟中求善价

纪念碑广场终将成天井

日夜被四周巨大的阴影

蚕食

那些节奏缓慢的事物，正在逐渐被快节奏的速餐文化吞噬，那些抽象的，却珍贵到足以支撑人成为人的东西，正在被逐渐嫌弃，这不得不说是一座城市的悲哀，更是一个民族的悲哀。作者的这种忧患意识，何尝不是出自于对人世的大深情呢？

五、悲伤的儿子

母亲去世以后，东篱陷入了极度的悲伤之中。随后便有了组诗《我终究成了孤儿》。该诗获得了诗歌类"首届西北文学奖"。相对于他所获得的其他数不胜数的荣誉，这个奖却有着非同寻常的分量，因为里面的每个字都滴着泪，每一行都是流血的伤口。里面朴素真挚的情感，是我们每一个终将成为孤儿的人，都能深切感受到的。整组诗歌，没有任何华丽的语言，甚至夸张也没有，只是在诉说，不停地诉说，隐忍的，甚至有点絮絮叨叨的。比如其中的《母亲的石头》：

2006年秋

有人提刀

从 80 岁母亲的身体里

取出一捧石头

对我说：

"这是你母亲的。"

2011 年春

那人再次提刀

从 85 岁母亲的身体里

又捧出一把

"瞧，又这么多

仿佛长疯了的春韭

割完一茬

急火火地又窜出一茬"

外酥内硬

黑中透亮

这些东西

是石头吗？

大如无名指肚

小似高粱米粒

无垒墙和拌混凝土之用

只能撒在乡间的泥土路上

母亲这辈子走得最多的路

在母亲体内

长了四十多年

这些东西

能叫石头吗？

母亲怀揣他们

硬是把籽粒饱满之仓

走成一条干瘪的布袋

我还能叫他们石头吗？

凡母亲用血肉喂养的

都是我的兄弟姐妹

我们都是母亲的石头

让母亲疼痛了四十多年

不听话的石头

2014 年初

我想亲自操刀

从 88 岁母亲的身体里

取一样东西这次不是石头

是血栓

这一突如其来的物种

比成群的蝌蚪黏稠

比老家的门闩牢固

生生将母亲和我

堵在了两个世界

这首诗，从母亲身体里的结石写起，然后写到我们也是母亲身体里的石头，我们和那些结石一样让母亲疼痛。"疼"在汉字里有着很多的含义，比如具体的身体的痛觉，这直接来自于外物的刺激，另一种是疼惜、疼爱或者因爱而产生的一种想为对方挡住一切尘埃的想法得不到实现的无奈和自责，这是一种间接的刺激，甚至可以说，这是感受者主观的行为。可怜天下父母心。假如这只是简单的疼惜，可能还不会引起那么多的共鸣。"疼痛"二字，包含了多少母亲对孩子心有余而力不足的心疼和愧疚？包含了多少可以压过黑夜的叹息？孟郊《游子吟》里说：临行密密缝，意恐迟迟归。实际上，当我们有一天为人父母的时候，自会明白"密密缝"的含义，岂止意恐迟迟归啊，那些针脚是母亲探身出去追随孩子远游的目光，是儿子在凄风苦雨里挣扎时的母亲极力想要张开的一把伞。如果说，孩子对爱的感知力不是很强的话，在母亲去世后，悲伤的色彩也就不会这般浓烈了。可是，偏偏这个孩子是个诗人，他能够以最敏感的心体察母亲尚未出口的很多的话。所以，深不见底的忧伤，逐渐从母亲身上转移到了这个已然成为孤儿的孩子身上，这种忧伤，在《一棵芦苇——给父母》《清明雨父亲对饮》中都有很充分的表达。

六、肝胆相照的朋友

东篱的朋友很多，各行各业的都有，物以类聚，人以群分。在这些朋友中，很大一部分都是诗歌圈子的人。因此，在他的诗歌中，我们能很充分地感受到友情在诗人心中的位置。他写过很多给朋友的诗，比如写给诗人北野的诗《围场之秋——给北野》：

只有大地，才能无私地捧出如此斑斓的果实

不为果腹，只为造酒和养丰乳肥臀的女人

只有上帝的手指，才能化词为诗、点石成羊

秋风的词，此刻正为奔跑的石头而颂

只有胸中有丘壑的人，才能将破败的故乡与一条碎骨蛇一起收藏

他有分身术，蛇仙有倾心的大风车

只有秃顶的人，才配得上朔风的一次次磨刀

站在高高的坝上，他裸露月亮的旷野意义和教堂的荒凉

我因无端生出一片蓬草而降低了辨识度

也因这片蓬草，我与这个世界那般隔靴搔痒

陈超逝世以后，东篱除了发出《关于为诗人陈超遗属爱心捐款的倡议》之外，还四处奔走，积极参与《陈超和他的诗歌时

代》的出版发行，并写出了《群峦之巅——甲午暮秋登遵化五峰山，兼怀陈超》等诗歌。诗人在践行一句中国古训：人生得一知己足以，斯世当以同怀视之。

七、为祖国喊疼的人

家国情怀，历来是中国传统读书人必不可少的，所谓：修身养性齐家治国平天下；再所谓"穷，则独善其身；达，则兼济天下"，甚至于"天下兴亡匹夫有责"。作为诗人的东篱，对于时事敏锐的感知力不得不说是非常让人佩服的。作为传统读书人身上的"守拙"气质在这类诗歌中表现得淋漓尽致。因为深爱这片土地，他把自己的所有情感都毫不保留地拿了出来：热爱、愤怒、忧伤等等。比如这首《祖国》：

要爱就爱她狭长的疆域，多一寸肌肤都是浪费

要爱就爱她耸峙的山峰，任何的旁逸斜出都是败笔

要爱就爱她暗夜的清溪，鳞光乍现，源头难寻

她有良田万顷，可敷一吨雪，可反射千里银辉

足令一个粗糙的灵魂滑进那窄窄的天堂

一颗孤悬尘世的心，自然要呼唤她：不给自由的祖国

一条丧家犬，也会叫她：荒凉的故乡

而对于一个沉沦和挣扎中的攻占者

她，就是巴士底

面对现实中的问题，东篱选择了一个诗人的良知，他奔走疾呼，甚至于不惜用最激烈的言语来表达心中的迷惘、困惑甚至于绝望，他为最底层的人群呐喊，为千千万万的老百姓呐喊，比如这首《这个世界会好些吗》：

他们人人手中都攥着一把锉

有的锉我的屁股

有的锉我的舌头

　　有的锉我的笔

　　把我锉成他们想要的样子

　　要从他们中间走开

　　唯有遍体鳞伤

　　我的爱人也是他们中的一员

　　她以爱情的名义

　　以铁杵磨成针的耐力

　　对我不留死角

　　有人说，智慧是一个人的天赋，而善良则是一种选择。在东篱的诗歌中，善良与智慧并重，他在诗歌里并不是单纯的"喊疼"，而是开始思考将哲思与现实联系起来，理性分析制度之外的每个人在社会中的作用。假如一个时代病了，那么，这个时代里的每个人都难逃其责。在一个互相伤害的空间，每个人都是刽子手。反映这种思考的便是这首《没有人是一座孤岛》：

　　深陷其中，你也有太多的不满

　　甚至和他们一起愤怒、咒骂

　　满腹委屈，一脸无辜

　　仿佛真的只是一个受害者

　　可你依然在买买买

　　依然要吃好的、开豪车、住大房子

　　你的每一次消费

　　如果追溯它的源头

　　最终都是碳排放

　　在桫椤的一次访谈中，东篱坦言，诗歌写作是打通灵魂和这个世界的一个通道。"诗歌最终要和生活发生肉体关系，纠葛甚或对抗，切入并竭力揭示生活背面的东西，因而我崇尚在场、发现、思想、力量及气象，并希望一切都是朴素自然的呈现。"众所周知，艺术起源于生活，但是又远远高于生活，东篱的诗歌亦是如此。它们起源于生活，存在于现场，同时又与之保持着一种距离或错位，如此，我们发现，东篱的诗歌并不仅仅是感性的抒发，其中更多的是冷静、安静地思考，是来自于士大夫般的思考与忧虑，是赤子之爱与痛的结合。

第二节　李寒其人、其诗

李寒，又名晴朗李寒，原名李树冬，河北省河间人，生于1970 年 10 月。1992 年毕业于河北师范学院外语系俄语专业。参加过《诗刊》社第二十一届青春诗会，获得第六届华文青年诗人奖、第二届闻一多诗歌奖、中国当代诗歌奖翻译奖、首届中国赤子诗人奖、第五届"后天"翻译奖等。著有诗集《三色李》（合集）、《空寂·欢爱》《秘密的手艺》《敌意之诗》《点亮一个词》《时光陡峭》《晴朗李寒诗选》，译诗集有《俄罗斯当代女诗人诗选》《当代俄罗斯诗选》（合译）、《帕斯捷尔纳克诗歌全集》（合译）、《阿赫玛托娃诗全集》（三卷）、《孤独的馈赠》（英娜·丽斯年斯卡娅诗选）、《普拉多》（格列勃·舒尔比亚科夫诗选）等，翻译佩罗夫斯卡娅动物小说集《孩子与野兽》《我的朋友托比克》和诺贝尔文学奖获奖作家斯维特兰娜·阿列克谢耶维奇著《最后的见证人》（汉译名《我还是想你，妈妈》）等。

郁葱在《一种诗歌精神的延展与命名——再论"燕赵七子"的诗学意义》中说："在晴朗李寒的诗中，我时时会感受光的存在，温度的存在，气息的存在，以及那种音乐性的存在。在某些时候，晴朗李寒也是那种'小事儿的神灵'，他总能在我们忽略的地方、不注意的地方和无话可说的地方做出他的发现，而这发现有灵动、有神性也有诗意。"

吴媛在评论晴朗李寒的诗歌的时候，说他具有"知识分子的良知"。她认为在晴朗李寒的作品中最为突出的就是对人的真切关注，他的诗作中往往都有一个鲜明而丰满的"我"，作为一切苦难和幸福的感受者和承担者，作为诗人与世界沟通的代言者，成为诗人为自己营造的诗歌世界中的主人。

诗人吕本怀曾经说读晴朗李寒的诗，觉得他特别关注精神层面，也特别注意抽象与淬炼，他的诗句与他的灵魂，都那么透明、澄澈，基本摆脱掉中国诗人那里常见的琐碎与燥热，他是一个真正能与世界诗坛接轨的诗人。

蒲素平认为李寒的诗歌始终在一种朴实、纯粹的氛围中不断深入。思想越飞越高，但扎在大地上的双脚，越来越稳重，厚实。他有着浩大的思想和情怀，呈现在诗歌文本上的却是细腻、温暖的书写，多义的表达，他有着最底层生活的体验，使他深刻洞悉现实生活的困境，以忧伤、精准，多元的表现手法，把生活幽暗的部分以诗歌的形式揭示和呈现，完成一个优秀诗人的所经之途。

曹英人评论说从美学角度来看，李寒的创作最能体现"诗人"特征，他以为晴朗李寒的创作将李白的"谪（仙）人"角色、当代存在主义"他人就是我的地狱"的不和谐感与耶稣基督的被肉身化命运相统一（而无宗教倾向），显示出在命运的流放中愈发人道的主体精神，在早期经历过一轮愤怒和控诉后，终于认同了个体的三合一体之命运。

大解在《在燕赵七子诗歌研讨会上的发言》中指出，晴朗李寒的诗，情感下沉，而精神却向世界敞开，甚至有着高迈的向度，不管他向哪个方向出走，最终都返回到自身的命运，有着扎实的落脚点。可以看出，他近期的诗中，多了一些冷峻的思考，面对复杂的人间世相，他始终保持了一个诗人的良知以及对于真理和谎言追问的勇气。

在《中国青年诗人奖》的获奖词中，评委是这样评价晴朗李寒的诗歌的：诗人晴朗李寒穷数载之功，呕心沥血，为中国读者奉献出了俄罗斯杰出诗人阿赫玛托娃四卷本的诗歌全集，为中国当代诗歌写作提供了足可借鉴和学习的标杆，并将相同的尺度作用于自己的诗歌写作，写出了《月光下的磨刀人》这样的优秀之作，这些作品既保持了优美的抒情，又容身于当下现实，扎根于个人生活，表现出了诗人作为芸芸众生对生活的承受力和敏锐而广阔的精神世界，写出了个体生命不妥协的理想精神和独属于诗人的自我尊严。

杨东伟认为晴朗李寒是那种坚持让语言保持鲜活气息的诗人，在他的诗中很少有华丽的辞藻，也缺少技术性的坚硬语质，而是处处闪耀着有韧度、有温度的智性语言。他说李寒的诗歌语言既遵守语法规范，符合生活常理，又自由不羁，活泼与严谨相得益彰。词汇平凡但丰富多彩，语义透明，节奏舒缓，不加雕饰的原始纯真，未经改造的天然拙朴，“让每一个意义单位都摆脱了词语的附着成分而皈依于自身，构成了诗人与世界的基本关系”。这样的语言既与心灵相通，也为诗歌增添了儒雅的气质。“自然朴素的表达方式，平淡中见真淳的艺术风格”（吴思敬语）也正是晴朗李寒常态写作的真实写照。

张立群评论晴朗李寒的作品《当我们累了》时，说他诗歌的特点在于对平凡甚至琐碎人生的熟识，在于他对宁静生活向往中的优雅气质。作为一位“兼任”翻译家的诗人，晴朗李寒的诗中不免总带有“莫斯科郊外的晚上”的情境，而这一点，一旦与“厌倦现实的世界”和“在虚幻中生活真好”的态度结合在一起，便产生了缓慢、悠长、淡雅的抒情气息。

晴朗李寒在获得“闻一多诗歌奖”时的获奖词是这样的：“追怀时光，诘疑存在，拷问人性，况味生命，晴朗李寒的组诗

《人生况味》展现了悠远而丰富的生命主题。作者敏感于景物、气候、细节与心态的微妙变化，以细腻多变的笔法，纷繁跳跃的意象，不断转换的视角，谱写了一曲动人的生命旋律。它微凉苍茫的气息、忧伤而又旷达的意绪，富于哲理的人生思考，以及控制得恰到好处的情感抒发，体现了一个成熟诗人的禀赋、修养、才情和风度；其诗句中跌宕的节奏与绵延回旋的韵律，也增加了作品的感染力。"

综上所述，如郁葱所言，在"燕赵七子"之中，晴朗李寒的诗歌最具有"趋光性"。读他的诗歌，你往往会不自觉地被他无限放大的庸常生活里的暖意所感染。与其说他在努力"点亮一个词"，不如说他在努力点亮生活。所以，在这个层面上，晴朗李寒是坚定的"现实主义者"。他的诗歌离不开他的生活，几乎每一首都能找到"我"的影子。有的是以第一人称直接出现，有的是以第二人称、第三人称间接出现，也有一些是以众生的形象模糊出现。正是因为这一个个无处不在的"我"的存在，使得他的每一首诗更具有普遍意义。我们能在诗人个体经验中不断地发现自己，所以很容易产生共鸣。以诗歌《幸福》为例，该诗作于2012 年。

幸福

他总把斑鸠听成布谷，
常把月季称为玫瑰，
他视臭豆腐为人间美味，
将一个屠夫当成了救世主。
他非常知足。
人们说：
瞧他多幸福！

没有谁纠正他，

在错误中，

他度过了平静的一生。

这首诗里的"他"是可怜的，他的听觉很差，他的视觉很差，他的味觉很差，他的判断力也很差，但他却"非常知足"。因为可以有"平静的一生"，言外之意，假如你耳聪目明是非明确，可能就不会有"平静的一生"。题目中的"幸福"并不一定是当事人的"幸福"，只是别人眼里的他的幸福，他只是有一个庸常的"平静"的一生。

在这首诗里，作者以平静的口吻讲述了一个人装聋作哑的一生，掩耳盗铃的一生。诗歌里的"他"也许是单位的某某，隔壁的某某，甚至也有可能就是我们自己。

真正的诗者，是在洞悉了人性以后，依然保有慈悲之心的人。懂得宽恕与涵容。这首诗里的"他"不是某一个具象，"他"是一个时代，是"我"，是众生。再以《书》为例：

我曾在一本书中，看到

世界上最美的日出，

而在另一册书里，嗅到了

鲜花怒放时芬芳的气息。我也曾

在懵懂无知的岁月，从一本书里

知道了世间最浪漫的爱情。

我曾沿着一本本书，走了很远，很远，

在文字的丛林中迷路，

也曾在文字卷起的巨浪中，被呛了

一肚子咸涩的苦水。

在寒夜，我从书里读到火，
而炎热的夏日，我在书里找到了
最沁人心脾的荫凉。

有时，一天天我把自己关进一本书里，
闭合的纸页，将我与世界隔绝，
我在其中安眠，冥想，
做着不为人知的梦。

多年后，当我厌倦了人世，我希望
让一本书接纳我的骨灰。
我希望最后的归宿——那只小小的木匣，
也有书的形状。
宋真宗赵恒在《励学篇》中有言：
富家不用买良田，书中自有千钟粟。
安居不用架高楼，书中自有黄金屋。
娶妻莫恨无良媒，书中自有颜如玉。
出门莫恨无人随，书中车马对多如簇。
男儿欲遂平生志，六经勤向窗前读。

甚至古人有"万般皆下品，唯有读书高"的说法。读书人，
在中国文化里，已经不仅仅是一种可见的身份象征，在某种程度
上，它成了一个人的精神境界的象征。是脱离尘世羁绊的一种意
识存在。所以，古人又有"百无一用是书生"的说法。真是"成
也由书，败也由书"。但是，无论褒贬，书籍的存在是人类文明
的最直接的象征，是人类进步的阶梯。有用或者无用，与读书的
人有关，而与书无关。仿佛一把刀，它只是握在手里的一种工
具，至于用它来做什么，怎么用，完全取决于拿着它的人。无论

持刀人是奸是善，这毫不影响刀的锋利度。所以，历朝历代，书籍掌握在读书人的手里，同时也是统治者竞相争夺想要控制的政治元素。从秦始皇的"焚书坑儒"到清朝的"文字狱"，甚至可以说书籍在一定程度上，影响到了国运兴衰。

作为普通人，书籍也许是成本最低的投资了。无须行千里路就可以纵横古今中外，了解历史文化、世态人情。对于一个孩子来说，从打开书本的那一刻起，便是走近了一个崭新的世界。父母不能给的精神营养，在这里基本都可以得到满足。反过来，有人用书传道，有人用书授业，有人用书解惑，也有人用书麻醉思想。在一个文字主宰生杀大权的世界里，读者既可以是旁观者，也可以是参与者。读者与作者在某一层面上是一种合作关系。

晴朗李寒和我们千千万万的七零后一样，从大的环境说，生在物质相对贫乏的年代，经历了共和国改革开放的蜕变，亲自见证了其不断繁荣的过程。从小环境来说，由于义务教育的普及，使得和他一样的千千万万的孩子走近了课堂，从此与书结缘。而且很多人，也可以说相当多的人，用书籍改变了命运。在整个七零后成长的过程中，电子产品尚未大规模普及，所以，书籍也是那一代人的精神食粮，他们对书籍都有一种说不清道不明的敬畏。很多人的精神城堡都是在书香与墨香之中建立起来的。所以，李寒的这首《书》，不仅写的是他自己对于书籍的情怀，更是千千万万七零后甚至六零后、八零后的心声。

书籍的作用，当然不仅仅是传道授业解惑，还有一个更重要的作用，那就是点亮和启蒙。所以，作者写道：

我曾在一本书中，看到

世界上最美的日出，

而在另一册书里，嗅到了

鲜花怒放时芬芳的气息。我也曾

在懵懂无知的岁月，从一本书里

知道了世间最浪漫的爱情。

书籍的另一个作用是引领，海市蜃楼一般引领那些朝圣者。他们在书山学海当中遨游，而书籍，终究只是艺术的一种载体，艺术源于生活，同时也高于生活，因此，那些弄潮者，一旦上岸，经常会发现，在俗世的烟火里，自己是那么格格不入。作者写道：

我曾沿着一本本书，走了很远，很远，

在文字的丛林中迷路，

也曾在文字卷起的巨浪中，被呛了

一肚子咸涩的苦水。

但是，与此同时，我们也知道，书籍是最好的疗伤药。所谓"躲进书斋成一统，管他春夏与秋冬"。我们在文字里寻找共鸣者，同情者，同路者。书籍是人类最好的朋友，因为有了书籍，我们才会心灵上不孤单，精神上不苦寒。作者写道：

在寒夜，我从书里读到火，

而炎热的夏日，我在书里找到了

最沁人心脾的荫凉。

有时，一天天我把自己关进一本书里，

闭合的纸页，将我与世界隔绝，

我在其中安眠，冥想，

做着不为人知的梦。

人们以文字取暖，以文字升华自己，同时也会用文字捍卫自己，哪怕是生命的终结。作者写道：

多年后，当我厌倦了人世，我希望

让一本书接纳我的骨灰。

我希望最后的归宿——那只小小的木匣，

也有书的形状。

"让一本书接纳我的骨灰"最直接地诠释了与书生死相依的情怀。书是什么？虽然晴朗李寒有大量的诗篇写妻子、孩子、父母、朋友，但是最多的篇幅却送给了书籍，他写他的晴朗文艺书店，写一本本有着灵魂的书籍。在他的眼里，书籍就是他自己，是另一个世界的"我"。至于生命的结束，也不过是与另一个我的"合一"。可以说，书籍在晴朗李寒的生命里占据着重要的位置，以至于他能在繁华的都市，独守一份宁静，安贫乐道，不浮躁、不盲从，这完全是由于书籍的强大支撑。

李寒的诗歌，来源于生活，立足现实，同时他的思考，又是远远高于现实层面。他将生活的琐事升华，在庸常的事物中找到诗意的表达，比如这首《蜻蜓》：

一只蜻蜓是孤寂的一部分，是这个夜晚的

一部分，它闯入黑暗，它绿色的翅膀，

无枝可栖，它晶亮的眼珠，无虫可觅。

它不合时宜，它是盲目的，离盛大的夏天

还早，它的羽翅再美丽，也无济于事。

它沉默无言，它的纤足不能撕破夜幕。

如今，它仰面躺在地上，用翅膀拍打着大地。

我的小女儿甚至也受了它的惊吓。不愿看到

它在尘土中奄奄一息。"它太漂亮了！"

是的，一只蜻蜓，它不能改变什么，如果

它不在这个夜晚被我们发现，我们也就不知道一只美丽的飞虫在世界上存在过。

在这首诗里，蜻蜓很明显就是一个隐喻。威廉布雷格说"一沙一世界，一花一天堂"。如果有心，万物都带着神谕。又有一说"所见即所想"或者"心里有什么，眼里就有什么"，但就这一点来说，我们也可以理解"一千个读者，就有一千个哈姆雷特"了。一只蜻蜓，普通到甚至可以被无视，无论多么美丽，都"无济于事"。这里的失望、绝望、无奈甚至于屈从，通过寥寥几句诗，很明显地被表达了出来。在这首诗里，作者的悲哀，也是众多的普通人的悲哀，甚至可以说是我们这个群居物种的悲哀。

李寒的诗歌就是这样，以"小我"见"众生"，以"小暖"照"凡尘"。他的诗歌自然、流畅，不做作，不故作深奥。虽然他的另一个身份是翻译家，但是他的诗歌里几乎找不到任何的"翻译腔"。他用中国的文字，讲述着中国的黎民故事和挣扎思考，大概这也是他的诗歌深受大众喜欢的原因之一吧。

第三节 北野其人、其诗

北野，中国作协会员，生于河北承德。满族。在《人民文学》《诗刊》《中国作家》《十月》《青年文学》《北京文学》《民族文学》《散文》《美文》等发表诗歌、散文、评论等。出版诗集《普通的幸福》《分身术》《身体史》《读唇术》《燕山上》《我的北国》等多部。获孙犁文学奖、河北诗人奖、中国当代诗歌奖、中国长诗奖等各级奖项，作品收入多种选本及译为英、法、俄、德等文字。

对于北野诗歌的评论，基本是从两个方面展开。一是从诗歌文本本身，即语言、节奏、意象、写作手法等的运用。二是诗歌气质层面，即北野诗歌的精神内涵和外延。

从诗歌文本来说，大解曾评价北野的诗有着复杂纠结的辩驳和互否，在意象的相互撞击和摩擦中环环相扣，强力推进，把读者推到无法置换的境地。在他的语言洪流中，几乎是泥沙俱下，思想，情感，哲学等等，都混杂其中，有着野蛮的冲撞力。他几乎是变戏法一般，把神话和传说融进现实中，让你透过语言的迷宫而看到精神幻象。他的诗，看似粗粝，大刀阔斧，却纹理缜密而讲究，满纸书卷气。他游刃有余地把看似对立的东西统一在一个艺术场域里，展示出高于生活的多面性，使语言直接变为诗。

韩文戈认为北野诗歌语言的洒脱、诗意的恣肆和人生体悟的疼痛，都给人以生命力的强大、充沛之感。

辛泊平认为在技术上，北野不拒大词，也不避讳为人诟病的宏大叙事，他只是顺着自己的精神脉络，用粗粝而又绵长的笔触，自由地书写着对生命与力量的赞美，表达着对现实堕落的迷惑和沉痛。

苗雨时评价北野的诗歌时说他的诗歌话语，铺排而冲腾，意象奇崛而突兀。置于紧张而严肃的思考中，力求找回人类与宇宙创世的生命基点，以此缝合历史，愈合生命，进而让心灵的碎片折射一个时代的真相。

孙晓娅说"志怪诗写"与主体身份的多元变幻这一特点强化了北野在"燕赵七子"中的辨识度，是他最为独异的写作特点。

郁葱都认为北野的诗具有一定的叙事性，但他的叙事从不完整，而是片断拼贴的方式，转场做得飞快——北野要的就是片断集束，他要统合集束的力量完成他对诗意空间的营造。

简明认为北野诗歌作品的冲击力，来自他的思想激情和语言激情。北野诗歌的丰富和多样性——"就像拿破仑攻入俄罗斯，它的规模远远超出了乌拉尔山脉"（诗人佛罗斯特语）。

　　吴媛认为北野在语言上一直抗拒着传统汉语的所指惯性，并成功拓展了很多被悠久历史符号化、模式化的语词的内涵和外延。

　　诗人鹰之说北野的诗硬朗、坚实、开阔、大气，属于典型的实力派诗人，相比较官方捧起来的那些管话说不清楚叫韵味、管词语陌生化叫先锋的有名无实的诗人，他至少领先两个十年！

　　宫白云则评论说他的诗写除了强调原始的本质、生命的本源、各种元素等，特别加深了对古典文化与神话资源的融合与发掘。在结构上、语言上、思维方式上都透着一种创造性特质，写出了这种题材所能抵达的程度。与其说诗人是一个寻踪者，不如说更像一个思考者，他在诗写的同时获得了共鸣与个人精神的磨砺和心灵的饱满及慰藉。

　　评论家邓迪恩认为北野是一个注重民族传统元素的诗人，同时也是一个后现代主义诗人，他充分挖掘传统文化素材，并运用后现代主义的方式去消解传统意义，构建出崭新的色彩和语境。他在转化、叠加、融合中重新创造，传统元素被肢解、撕扯、组合，形成了带有魔幻色彩的氛围，诗意不再清晰，而变得朦胧、晦涩，具有多义性和多声部对话、玄学性的特点；北野的诗，民族性是外在的，体现在语调、氛围、意境中，而后现代性，却是内在的，他一边在继承民族性，一边在消解民族传统意义。既有民族元素中的优美与含蓄，又有后现代性的糅杂与含混。北野擅长奇丽的想象，犹如不羁的天马，在云端游走。他的诗里充满了大量荒诞不经的意象，充满了大量的精灵鬼怪，在手法上，和南美的魔幻有着异曲同工之妙；在人鬼不分、生死不辨、真实同幻觉相混的魔幻世界里曲通现实，用虚幻的外衣影射现实的真实。

北野的诗，有波德莱尔式的消沉，有雪莱式的抗争，有庞德式的象征，也有艾略特式的隐喻。他糅杂了众多风格，形成了自己的特色。

在北野的诗歌气质层面，诗人郁葱认为北野的诗充分体现了"和世界对峙"的诗歌理念，他不断地挑战、抗争外部世界，但个体生命是渺小的，随之而来的是更多的痛苦；痛苦把他湮没了，也把他的灵魂切割成无数碎片——正是这些碎片，折射了一个社会、一个时代的真实。诗人不只是思想成熟具有才情的诗人，更是具有使命感与担当的诗人。北野又是一位博学且颇具大气魄的思想型诗人，叶延滨认为北野的诗有燕赵风骨在里面。和以前的荒凉不同，他认为始终保持内心和外部世界的对抗与对峙，这是燕赵之士特有的内心尊严的把持。

吴媛认为北野的诗野性、思辨，有巫风，嬉笑怒骂，调侃戏谑皆成文章，却又鞭辟入里，令人痛入骨髓。他的诗里，融合了西方哲学思想、中国传统文化和民间原始的种种野记传说。自然性和神性是北野诗歌中最本源的力量和最本质的特点。他的诗歌始终在这两极之间徘徊游荡，每每给人以最强烈的冲撞感和刺痛感。

青蓝格格认为北野的诗在打碎了我们此在的这个世界之后，又用他自己独有的诗歌表达方式创造着一个新世界，但他所创造的这个世界与他打碎的那个世界是相通且息息相关的。他与本来那个世界的貌合神离，也不是在逃避，而是在对他所打碎的那个世界倾注着更大的敬畏与爱。这需要勇气和胆量，并非每一个诗人都能做到。北野就是达到了这种境界的人。

辛泊平说北野的诗歌凝重而又庄严，具有强大的精神气场，广阔的灵魂视野，以及深沉的生命追问。它拒绝戏剧性的身体表演，而是把情感与思考倾注于母亲一样的燕山山脉，在与自然与历史的对话中，完成当下的生命流向。

苗雨时说沉重的使命与担当，不能不使诗人远承"建安风骨"，借助地域风物，而形成自己的艺术风范。北野的诗，从内质与形式上都卓绝地演绎了悲壮苍凉的燕赵诗风。

李浩认为北野的诗歌笔触鲜明、硬朗，甚至带有些斧凿之痕。在北野的诗中有一个吸纳的、回旋着的涡流，它会让你不自觉地沉浸下去，这点儿，和蒙克的绘画又有些相像……北野的诗歌有某种的隐秘性，你无法在任何一首诗中找见具有清晰面目的他，他甚至会故意隐去和他"当下"关联紧密的联线。

蒲素平评论说北野的诗歌具有神的视角，站在燕山深处承接大地之气，在诗歌中，他无限地接近灵魂。以开阔的胸怀，以厚重的历史背景把地域写作提升到一个新高度。他以历史回述，呈现现代生命之疼。以现实主义融合虚构场景，试图找回一个地域的历史记忆。在写作指向上，北野是一个有着深度自觉精神的人，这使得他走得越来越远。

李壮说北野的诗是有生命力的，也是亦真亦幻的。这种亦真亦幻的生命感，常常让我觉得置身于一种神灵般的呓语之中，他的语言和想象就像粮食酿出的酒一样，是粮食又不是粮食，是精神化之后的粮食，就那样浓郁而恣肆地流淌出来。

曹英人认为北野把握住了这种多面向的内在之主，无论物体抑或意念，好像谁也能影响谁（生或者杀），但都被某个谁影响着——他最大的企图似乎是把诗歌创作与那个人格化的大自然及其时光中的一切都同一化，既是众神之舞，也是个体之蹈。在此背景上去感受其内在的轮回纷变和历史感。

马千驰说北野的诗歌充满了对"梦、神话、自然万物、诗歌"的探索，让人很容易就接受并认可了正在朗读的确实是诗歌，并读着读着悄悄地就钻进诗歌的王国。

灵焚认为北野的作品很冷，也很硬，有汉子的冷抒情味道，他以不露神色的表情讲述着存在者与世界关系的真相，阅读他的作品，会感到语言寒冷刺骨，有些语言甚至硬得需要以流水的耐心咀嚼。

郭洪雷则认为，北野对诗歌本质的认知取向与海德格尔惊人的相近。他的诗歌的确也贯穿着他对诗歌的这种理解。

解非认为诗歌的深度与力度，其实就体现在一个诗人心灵积淀的智慧的厚度与重量，一个诗人智慧的层次自然决定他诗歌的艺术魅力，北野的诗歌恰恰能够潜入人类灵魂之核而反观其庞杂之性，通过"天人合一"的求证来打开潜意识的深邃通道直逼事物的真相。

诗人马启代说北野是个有根的写作者，这里所说的"根"，自然包括地域之根、文化之根和精神之根等等。北野是个打通了身体和灵魂的人，他的诗句所彰显出的灵性、神性与人性的高度统一，他的坚实而自足的意象体系构造，他那将明澈与尖锐化为浩荡风声的魔力，使他置身于我最为看重的有"气"的诗人行列。

章闻哲认为能写出承德那种内部气候的诗人，并不可观，而能与地域自身的节奏共相鸣和弹唱的，那种既怨亦喜，既悲又欢，既冷又热情如火的，既暴力又温暖的变奏与幻响，既"扭曲"又单刀直入的河北北部大地之地气情愫，恐怕只有北野一人能抵达。

郑学仁认为北野具有深厚的古典文学修养，也具有把古典文学引入新诗创作的功力与自觉，驾轻就熟地运用传统文学的无尽宝库，不着痕迹地嵌入古典文学的美学元素，使其诗作呈现出新诗中很少有的苍凉沉郁，典雅蕴藉，内蕴厚重，耐品耐吟的高格异秉。

　　总结以上评论，北野的诗歌中意象纠缠、叙事风格碎片化是最大的特点、诗歌中无处不在的燕赵风骨、神秘、玄幻、冲撞、厚重又构成了其独特的诗歌气质。在这里，我们不妨将这几方面展开来看。

一、意与象的交接与纠缠

　　宽泛来讲，"意象"经常被放在一起，理解为客观物象。但是，我们知道所谓意象，是由两部分构成的，即"意"和"象"。"意"属于主观的来自创作主体的个人的思想感情，"象"则属于客观的物象。"意象"合在一起，则表示融入了创作者个人主观思想感情的物象，是主观与客观的结合而产生出来的"下一代"。

　　在北野的诗歌中，这种"意"与"象"表现出了很有意思的关系，它们时而平行，时而交错，时而换上对方的衣服，互相扮演，时而又彼此互无往来。正是这样多重的"意象"关系，让北野的诗歌与"燕赵七子"其他人的诗歌截然不同。

　　我们以《小磁匠》为例：

宣德年间，我是捏泥炉的小工匠

脸颊涂着黑釉，器官都被锻打

手足描了金漆，是脱胎换骨的模样

几块散银子在身后喊

"碎了，碎了"，我的手就在

泥里抖成了一团。薄纸一样的身子

瞬间映出了松竹和梅花

而落叶下，那些冰凉的鳞片

并不知道墙壁上的玄窗

正卧着失神的书生和半夜的月亮

并不知道游入溪水的道路

正被枝头上涌出的女儿隔开

喜欢把山冈变成阡陌的人，也喜欢

把凶狠的兵器，变成牧笛的长腔

"这乱糟糟的世界，每一刻

都记着我的荣耀和衰败"

仿佛一场猜谜游戏，多少年后

我仍被一个扮作专家的老头

用纸币敲着额头说——

各位看官，这个人，仅仅是传说

在这首诗里，"小磁匠"三个字被演绎得淋漓尽致。瓷与匠都是诗里的"象"，当然这首诗里并不仅仅只有这两项，还有泥土、梅花、松竹、玄窗、书生、碎银子、纸币等等。但是其他所有的"象"的存在都是为了"瓷与匠"而存在的。在这首诗里，"我"一会儿是瓷，一会儿是匠，一会儿在前朝，一会儿在今朝。"我"随意穿越，随意附着。在时间与空间的容器里，穿越自如。这种穿越是对诗人笔力的考验，更是对其诗歌气息把握能力的考验。同样类似的诗歌，在北野的笔下还有《饮者》：

粮食是真的，有时候

它也是幻影，一株一株串起来

沿着大地变形——它们

就是大地。如果和晚霞接在一起

并迫使天空和彩虹弯曲

高粱和玉米，都在风中拱起脊背

倘若田野再深远一些，农民

会用石甑在夜晚煮饭

用空桑盛放剩余的果实
堆积在谷仓里的籽粒颗颗饱满
它们拥挤，感慨，冒出气泡
一半是息壤中喧嚣的军团
一半是人分裂的身影
"我们浸在泥里，就是浸在命里"
生活削平了次序，发酵，或引燃
都需要逼出身体里的水
都需要把时间变成一只山顶的坛子
而现在，大地上秋色宛然
收获的人总是很少
更多的人枕于两手空空
酿酒者、采风官和诗人
突然在天空里出现
他们的世界是欢愉的，他们需要
在云中投下灵感。桑林也需要
在树叶发芽之前，放下村头的桥栏
让木铎、琴声、羽扇纶巾
慢慢走回故乡，把栏杆拍遍
如果有人借助骏马和帆影起飞
我们也可以认定草原和大海
都是饮者身体里的故园
弯月的窗口，除了飘动的柳丝
还有芳香的酿坊升起的蓝色烟雾
那都是我们心中正在流散的光
隔壁豆娘，偶尔幻化为西施
酒肆里的醉鬼，也会露出

李白的脸庞。半夜里一唱三叹

踱过老街的几个书生

直接就走上了高高的树冠

而那些人里有我吗？他们坐在纸上

连成一串，郊外落叶如蝶

醉翁唱和于深山，尘世的

秋风，吹彻了整个长峡

也吹红了多少饮中神仙的脸

著名诗评家李壮曾经这样评价这首诗，他说：《饮者》开头那句"粮食是真的，有时候／它也是幻影"似乎可以隐喻北野诗歌的总体气质。这里面有两个要素：一个是粮食。它与身体有关，又常常能够做形而上的处理，变幻为生命力的隐喻。另一个是真与幻。二者互为镜像，亦可相互转化。北野的诗是有生命力的，也是亦真亦幻的。这种亦真亦幻的生命感，常常让我觉得置身于一种神灵般的呓语之中，他的语言和想象就像粮食酿出的酒一样，是粮食又不是粮食，是精神化之后的粮食，就那样浓郁而恣肆地流淌出来。例如《饮者》这首诗的下面两句——"都需要逼出身体里的水／都需要把时间变成一只山顶的坛子"，"他们坐在纸上／连成一串，郊外落叶如蝶"。这写的是粮食酿酒、饮者醉酒，其实指向很清晰、很写实，但事情在这样的语句中一出来，就很不俗，很惊艳，想象和修辞都很奇崛，像喝醉了一样，有仙人气。

诚然，李壮的评论并没有夸大之词，在这首诗里，粮食、饮者、酒三者不断地在虚实之间转化。饮者饮酒，时间久了，也成了酒的一部分。粮食是诗人，在时间的浸泡下，渐渐成了酒。饮者与酒在时间与空间的延续与伸展中不断纠缠互化。他们有着相近的灵魂，有巨大的共性。实际上，道家早就有"天人合一"一说。但是"天"的概念太过庞大与驳杂，表现在普通人身上，就是与周遭合一。我们分离，又合一，我们不同，又相同。中国历来的"分久必合合久必分"的辩证在北野的诗歌里屡见不鲜，表现出来，就是"我"与"外物"之间，即"意"与"象"之间的"相爱相杀"，这也是北野诗歌之所以读起来玄妙甚至有人说晦涩的最基本的原因。

　　正如孙晓娅所说，北野的诗歌中游走着亡灵、鬼魂、花仙、狐女，还有羽扇纶巾的书生、女香客，既有原文本的互文原型，又有神秘的再书写和塑造，他营造出神、人、鬼的世界，三界互通，众生平等，天使与狱卒并置而谈，死神与创世之光交互，神秘的氛围与现实的隐喻，构成了其诗歌的巨大张力和表现力。

　　二、叙事风格碎片化

　　郁葱在《一种诗歌精神的延展与命名》一文中说到北野的诗歌。他指出北野的诗是具有叙事性的，然而他的叙事从不完整，而是片断拼贴，转场做得飞快，有种透过万花筒观看的感觉，有种马不停蹄的感觉——无疑，这是北野的独门武器，是他诗歌中极具特质的部分，这种叙事化片断的拼贴极为用心而巧妙地撑开了诗歌的空间，让一首小诗变得无比深泓。下面，我们以《小王国里的风月故事》为例：

　　　寂静先从内部摧毁了一座城池

　　　你看铁门上的锈迹

　　　你看皇帝映上画像的紧蹙眉头

　　　后宫关着的美女，正在争风吃醋

　　　而城门洞开

　　　贼人雪亮的长刀已经戳进来

弄诗词的宠臣正在变成一只小动物
在大殿上爬来爬去
没有哪一个裙裾里能掉出月亮来

词语找不到的灵魂，利刃可以找到
翻开一层锦袍，再一层锦袍
是悬于血水之中一处弯曲的峭壁

如果我再往下深究
临到墓葬里的那个人，为什么
像风笛一样，充满了不屈的空洞

他的后人仍然拿着幻想中的短刀
要冲过复仇的河流，但他是胆怯的
他夜夜在岸边徘徊、痛哭

这个颓废的病太子，失国的人
他长发纷披，唱着伤心的歌
像一个失恋的人那样
等着一群美女在时光中慢慢复活

这是一首明显的叙事诗，共由七个场景构成。第一个场景是现在的我站在历史面前，第二、三、四个场景则是想象中的历史，是一幕幕旧剧的上演。第五个场景回到现实，回到我的疑问之中。第六个场景又折回到过去，是搭建在历史与现在的一座桥梁。第七幕，彻底留在历史的影像之中。如此叙事，一回三环，环环相扣，又互不相连。如此的叙事，使得一首诗具有了繁复的层次，使叙述在增大难度的同时，又有了一定的智性之美。

三、燕赵风骨

几乎所有的评论者都同意的一点就是北野诗歌中的"燕赵风骨",它和"慷慨悲歌"一起构成了整个河北诗坛的诗歌气质。实际上,北野身上的这种狭义之气与他自身的成长经历和工作环境有很大关系。北野是诗人,同时也是一位成功的企业家。商场多年的摸爬滚打,并没有消磨掉他与生俱来的爱憎分明与赤子之心。所以在北野的诗歌之中,随时随地都读到一种锋利和棱角,当然,也不乏温情。最有代表性的是《大雪落幽燕》。

> 黄帝正用他浩浩汤汤的仪仗
> 向中原行进,这黄金和白银的仪仗
> 这猛兽和鬼神的仪仗
> 带着雷霆、闪电和种子的光
>
> 我有千百种理由也不能阻止它
> 草木的瀑布里,漂流着山峰
> 白云的河流中大地在沉浮
> 只有我自己,是身不由己的
> 像命运里随波逐流的碎片
>
> 被肉体禁锢的是桑林
> 蛙鸣、月光和大脚女人的乳房
> 被我禁锢的是身体、性爱和幻想
> 燕山以北,巨大的阴影突然
> 跳起,像一场突如其来的风暴
>
> 一个人被抛在后面是什么感觉
> 一个人被仇恨粉碎了还能控制结局吗

一个人的忧伤,一个人的切肤之痛

一个人的孤寂和流浪,这茫茫的人海呵

让我的血肉之躯突然卷起波浪

北方,一座山岗被时间压塌

一座新的山岗,或将在远方耸起

一个生机勃勃的人间

还会留在春天和鬼神的身旁吗?

这浩浩荡荡的如席的大雪呵

像一股暖流,在大地上

重新安排了一座座神秘的山岗

在这首诗里,叶延滨认为北野更多地把自己的现代心理放在了历史面前。内心与外部世界的抗争成了"燕赵之士特有的内心尊严的把持"。我们看一下这首诗里的几对矛盾。皇帝浩浩汤汤的仪仗 VS 我自己——我的肉身 VS 理想——一个人 VS 茫茫人海——被禁锢的肉身 VS 前行的队伍——此地 VS 远方——现在 VS 未来。当然细心的读者也许还会发现更多的矛盾对立。燕赵风骨中最重要的一点就是"明知不可为而为之"的勇气,这样的矛盾,既带给了读者直面以卵击石的惨烈,又有一种西西弗斯的绝望,但更多的是一种"壮士一去兮不复还"的决心,是在最绝望的废墟上,扬起的不服输的脸。

诗歌是什么?诗歌是一种抒情言志的文学体裁。《毛诗·大序》载:"诗者,志之所之也。在心为志,发言为诗。"南宋严羽《沧浪诗话》云:"诗者,吟咏性情也。"一个人写诗不可能完全脱离他的生活环境,或者不展示他的所思所想。哪怕在现代,很多人提出"诗歌即表演"的说法,也不能割裂诗人与其作品的关系。即便是表演,也必须是作者认可的价值,哪怕达不到,但是他至少是有那种是非概念的，所谓：虽不能至而心向往之。所以，诗歌至少会反映诗人在某些方面的审美或者审美倾向。细读北野的诗歌，我们很容易就会被字里行间的古典又现代的、简单又复杂的、玄妙又直接的气息吸引，同时又能隐约感觉到一种壮士扼腕之痛。

正是因为北野的诗歌具有了以上的特征，所以，他的创作更像是智性的创作，是哲性的思考。假如你能理解北野的诗歌里面的思考与纠葛，悲悯与圆融，突围与叹息，也就理解了人生的现场与离场。

第四节　见君其人、其诗

见君，本名温建军，"燕赵七子"之一，河北永年人，现居邯郸市。河北省作协会员，邯郸市作家协会副长，邯郸市青年诗人学会会长。出版诗集《隐秘之罪》《无望之望》《莫名其妙》《之后》，合著《朗诵爱情》《在河以北——"燕赵七子"诗选》，合编《在巨冰倾斜的大地上行走——陈超和他的诗歌时代》，获第四届河北诗人奖。

大解评论说，见君的诗，语言明丽，线条清晰，但不单纯。他的明澈源于他的穿透力。在他的诗中，生死都在现场，没有明显的界线，时间的不确定性和空间的开放性，适度地融合在一起，加深了整体幻觉和迷离的飘忽感。见君的诗，是把现实转换成童话，他总是能够在细小的事物中发现神迹，并借此走向远方。一个迷醉的人，会在寓言中找到出口，把自身纳入神谱。他依赖自身完成了反复的精神出走和回归，仿佛肉体是一个城堡。见君的诗接近于洁癖，干净，洗练，减掉了所有芜杂的东西，把空白扩展为空间，凡是透明处皆显张力。

　　韩文戈认为见君诗歌在诗意方面的独到发现与语言方面的决绝，完美地统一在一起，所谓高无非手就是与生俱来的那封喉一剑，这让我感到了见君深厚的语言掌控功力与自身存在观在现实体验中所达到的深度与烈度。他的诗处处呈现出一种"奇崛"的景观与"语言的肉搏之力"，凌厉之势锐不可当。相比其他人，见君是我认识最晚的一位，但他却是给我震动最大的一位。

　　李壮认为见君的诗歌也有神秘性，但与北野的"原生态"稍有不同，他的神秘性走的是"细腻"一路。这种细腻，一方面是来自其描摹场景的细致耐心，另一方面也来自于其中时光的静止感、万物的自在感——这一点隐藏在文本深层，不容易被发现，然而极其重要。例如《之后》这首诗中，见君一开始就把时间设定为"之后"，其实是架空了时间："之后"是无限的时空，它可以是过去（记忆中的"之后"），也可以是未来（想象中的甚至概念上的"之后"）。而对于时间这样需要精确定位的事物而言，无限其实也就意味着同时等于任意和唯一，时间静止了，然后诗中写到的树、石头、草、风种种景物都落在了一种自为自在的状态之中。当然我们可以想象得到，这里面还有诗人自己——虽然他没有写出来。这种感觉散布于见君的许多诗歌，使他的诗在气息和情感上具有一种天然的舒适度。见君的诗句背后也藏有阴冷的东西。他的诗歌中有大量的死亡想象、死亡主题，例如《红高粱》，写"夏季跪地而亡"，写"秋风砍下头颅"，但他很快又用相反的力量来进行中和："诸事一一结籽"、收割"火红的，无边的高粱"，又成了生长、丰收的意象。《元宵节，关照死亡》里面，他把死亡拉长、稀释、无限放缓，把瞬间的恐怖写成了一种悠长的韵味。他专门写"毒"，毒药、毒液、毒咒，写"划开皮肤"，但马上又是"每一个伤口都可以治疗下一个伤口"（《三毒》）。阴狠与柔情合一，这也是见君诗歌的一大特色。

　　曹英人觉得七子中见君的诗似乎最隐秘、最难以名状，但有一个特征他是最突出的：即便放眼全国，见君也是目前为数不多的保持着"纯诗"语法的诗人，很有意思，最隐秘的见君诗歌反而最先锋，不走寻常路的构词术和不合常理的语法令常人读而近之、思而远之，你读时很近，你思时很远。我觉得有两点可以概括他的特征：一是"造境"法，他接通了古老的诗经尤其是宋词的"造境"术，在言外之意、词外之音和诗外之指方面达到了一个新的高度；将"兴"直接带入"比"，在描述"境界"方面起到了以迂为直的作用；第二是对民国和国外表现主义（及部分超现实主义）的构词术的发展，更细腻的将感官调度导入境界感受，实现了"造境"的亦旧亦新的成功融合。

　　阿平的观点是这样的：见君是一个极少杂质的诗人，他的诗歌世界，就像进入一个人迹稀少的岛屿，在这里人们呆坐，耳语，对着月亮幻想，看阴影上的斑点，末路上行走着孤独的人。一切近似寓言化意象，在这种清水照月，略带荒凉的神秘场景中抒写精神世界的一种不可言说的世像。用不断出现的隐喻或者转喻来完成精神图谱的一种呈现。我们知道艺术是一种引领，这种观点在见君军诗中到了强化。他试图用自叙式表达，来完成对灵魂一种引领，一个诗人之所以成为诗人，他必须有着强大幻想力，这种幻想是他构建自己艺术世界不可或缺的要素。

　　见君诗歌另一个特点是冷静，有刀锋般的锋利，而且这刀锋还涂上了"毒"，在水边闪着"阴冷"意象之光。呈现出一种有悖于我们日常审美的扭曲之美，从而让内心在幽暗中，把事物最本质部分，通过镜子的多重棱角折射出来。

　　苗雨时觉得见君的诗的空间和色调，是冷峭的，奇崛的，明丽而又隐晦，凄清而迷蒙。这是他自我的独立自足的艺术世界，其中潜藏着他个性化的生存状态和特异的思维横式。然而，这一切，都导源于他锐敏而锋利的别样感觉："花儿"是"莫名其妙"的，"三月"是"奇幻"的，裁一张白纸竟"惊心动魄"，"元宵"夜的"烟花"却照亮"死亡"，丈量生命诡谲地想到"钉钉子"……意与象在感觉上远距离交接，便形成了象征意象、隐喻意象或寓言意象，他把生命安放在生——死之间的意象丛莽中，小心谨慎地辨别它的走向，惴惴恐惧地思虑向死而生。在此基础上，生命与语言遭逢，生命之思必带入语言。语言与感觉、意象同步发生，就不能不涵泳着诗人的天赋、智慧、秩序感和形体感。以词语为生命的瞬间绽放而命名，就完成了诗的构造与完形。他的诗，有一种骨子里的生命硬变。诗人的主体形象，犹如秋风中摇曳的那株"红高粱"，虽然最终要砍头，但它的火红却昭示了那曾经有过的生命的充实与净朗！

见君在答著名文学评论家桫椤时说：关联是暗含在矛盾中的，矛盾存在的表象是紧张……这一秒的你绝不会完整地是下一秒的你，你不能因为一秒之差而改观不大就没有紧张感，等到你被彻底改变以后，你的无意识会占有你的灵魂和性命。当荒诞不经成了常态，当人类本身的生活成了讽刺，这个世界就用它的本身消灭了寓言。

实际上，见君所说的"紧张"，用英语表达就是 tension. 这个词，还有一层意思，它是二十世纪美国新批评派的阿伦．泰特总结的关于诗歌的一个显著特征——张力。诗歌的语言一般具有双重性，即外延（extension）和内涵（intension）。而这两个词，最核心的词根是 tension。外延是一个词语的字典意义，而内涵则是由外延开始，由于一些其他表达手法和技巧的运用，在特定的语境下，赋予了该词一些新的想象和感受。从诗歌技巧方面，著名评论家苗雨时先生指出，诗歌的张力可以通过利用异质意象，构建反常关系，具象与抽象的结合以及类矛盾的运用得以实现。在这里，我们将从这四个方面，来解读见君诗歌的张力问题。

首先，我们来看一下在见君的诗歌里，是如何运用意象的。

见君曾经提出过"群体板块状意象"的概念。何为"群体意象"呢？朱立元（2014 年）主编的《美学大辞典》中说：群体意象即复合意象，是审美主体把握的众多事物的表象，形象同主体相应的复杂心意状态相融合而形成的整体性审美意象。见君之所以提出了"群体板块状意象"这一概念是基于汉语在意合方面的特点。比如，洪水来了，房子塌了。这里面两个短句之间没有任何形式上的关联，即没有逻辑关系词做任何连接。因此，两者之间关系的解读依赖于读者自身的阅读体验或者上下文之间的铺垫。我们可以理解为：因为洪水来了，房子塌了，也可理解为：洪水过后，房子塌了。也就是说，汉语属于高语境的语言，其行文方式的模糊性直接导致了将各种意象板块衔接后的诗歌张力。所以见君也曾经说过：汉语是这个世界上最适合诗歌的语言。

下面，我们以见君的诗歌《纸蝴蝶》为例：

是谁？
在你剪好的，纸蝴蝶的翅膀上，
涂上了他自己咳出的血。

你大睁着眼睛，
看蝴蝶活过来，看蝴蝶飞起来，
一头撞进，
你们相爱的黑夜里。

你们在夜里，
各自手执一把剪刀，

共同将一张白纸剪得面目全非。

在这首诗里，共出现了纸蝴蝶/翅膀/血/黑夜/剪刀/白纸等多个意象。如果将它们板块状衔接在一起，就会出现多个平面图案和立体图形。因此，也就有可能出现多种解读。当然，这是一种技巧。初学者也有可能把它们排列成线性，从而导致诗歌张力和活力不够，读者仿佛被作者用一根线拉着往前走，使其缺乏根据自己已有认知对诗歌进行"再构建"的可能，也就失去了读者与作者之间的无意识互动。

下面，我们来逐个分析一下里面的意象。

蝴蝶，在中国文学中，有多种含义。从庄生晓梦迷蝴蝶中的哲性象征，到南宋时期鲍照笔下"丈夫生世会几时，安能蹀躞垂羽翼"中自由的寓意，再到谢朓的"花丛随数蝶，风帘入双燕"，开启了蝴蝶作为生活意象的先河。后来南朝梁武帝萧衍多次将蝴蝶入诗，并逐渐赋予其爱情的象征，比如他写道："飞飞双蛱蝶，低低两差池""飞蝶双复只，此心人莫知"。后来李白在《长干行》(郎骑竹马来)里说"八月胡蝶来，双飞西草原"，使得蝴蝶作为爱情这一象征得到渲染。直到李商隐，才在《锦瑟》里将蝴蝶这一意象强化起来。当然。梁祝里，更是将蝴蝶作为爱情象征固定下来。而在见君的这首诗歌里，纸蝴蝶则将原来的固有意象，进行了转化，从而产生了新的寓意。可以是爱情，也可以是自由之身心。是虚拟而缺乏现实考验的象征，也意味着经不起打击而容易遭受破坏。无疑，纸蝴蝶是美好的，同时也是脆弱的，虚幻的。翅膀，是用来飞翔的，代表了对自由的向往，而飞翔，则代表追求和轻盈，但是因为上面有"他自己咳出的血"，而再也无法轻盈起来。这里，血代表真心和全心，代表托付，甚至可以象征生命。如此沉重的爱情，注定了不能轻装远行。更何况那种相爱是"黑夜里"。"黑夜"这个意象的对立面是光明和嘈杂，是喧嚣的众多的他者的参与，是干扰与诱惑。但是，由于布景设定在黑夜，就排除了一切外物，只有彼此，两个活生生的自然的人在自然地爱。但是，如此的爱情，就一定是双赢的结果吗？很显然，不是。黑夜也意味着盲目，彼此看不见对方，又因为每个人都手执一把剪刀，都想把对方剪成自己希望的样子，或者说没有社会性的参照，两个自然生命对于彼此的欲望使得最初对于纯洁爱情的向往变成了面目全非的模样。"剪刀"这个意象，可以指用来剪掉多余的部分，从而让一切清爽，代表一种重塑的行为，也可以代表一种舍弃。所以，"剪刀"，最能代表中国哲性思考中的"舍得"的理念。但是，佛家讲过"三苦"，即求不得，怨憎会，爱别离，在这一首诗里，从相爱到咳血到用剪刀将白纸剪到面目全非似乎都有涉及。

实际上，群体板块化意象的运用势必会导致诗歌意蕴的多声部。同样以《纸蝴蝶》为例，如果我们把诗里面所提到的"爱情"不那么狭隘地理解为男女之爱的话，也许可以扩展到一切情感关系，包括亲情和友情，人与自然，个人与内心等等。爱即窒息。这也是诗歌张力的一种体现。歌德认为意蕴即人在材料中所见到的意义。所以，见君在对这首诗的意象安排上，体现了他对世界与人之间，人的外延与内省之间，人与人之间的关系的思考，所以，我们并不能简单地说这是一首爱情诗。它也可以是在讴歌理想，也可以是在思考辩证的自由。诗歌是什么呢？陈超说，诗歌应该是指向月亮的手指，而不是月亮。所以，诗歌是要你感受的，不是要你去懂。也有人说，有一千个读者，就会有一千个哈姆莱特，那是戏剧的张力，那么，对于这首诗，深陷爱情的，会读到爱情；深陷亲情的，会读到亲情；深陷于现实的，会读到现实，而深陷于理想的，则会读到理想。任何针锥式线性的导读，都是对诗歌的一种伤害。这也是群体板块化意象的运用的优势所在。

其次，关系的构建。

假如诗歌所呈现的关系都是人们喜闻乐见或者司空见惯的，那么读者在理解上就会缺乏挑战性，这种阅读难度的降低也会因为缺少智性的参与而减少诗歌的张力。我们以《红高粱》为例：

> 青石安详，夏季跪地而亡。
> 开过花后，诸事一一结籽，
> 在天空整理衣裳。
>
> 短暂的河流，黑色的河流，
> 在秋风吹落我们的草帽前，
> 仍旧砍下头颅。
> 我们收割红高粱，
> 火红的，无边的红高粱，
> 长在干净的泥土上。

在这首诗歌里，关系表现为：夏季——秋季，开花——结籽，青石——天空，草帽——头颅，砍下——收割，短暂的黑色的河流——火红的无边的高粱，安详的青石——干净的泥土。在这几组关系中，夏季与秋季属前后衔接。季节更替在语义上，应该属于循环对应。关于词语的语义关系，在语言学上，有上下义关系，比如花—玫瑰；有同义关系，比如喝——饮；有相对关系。而在相对关系里，又有互补相对，比如生——死；有关系相对，比如父——子，有层级相对，比如冷——热，凉爽——温暖；还有一个就是循环相对。比如春——秋，夏——冬。而夏与秋的关系，与其说是对立，不如说是相邻。季节的定义是一个很模糊的一个概念，属于模糊语言学的范畴。因为我们无法说出究竟在哪一刻开始，就算春天了（当然，阴历里，人为的划分另当别论）但作者在这里却用了一个词——跪地而亡，把季节之间的模糊性一下子干净利落确定出来，从而制造出了一种反常的关系。开花结籽是事物之必然，但是何谓"在天空整理衣裳"？一个轮回结束了，另一个轮回开始了，万事万物都在整理行囊，准备下一个奔赴。所以，在这组关系构建中，作者将自己的生命观融入进来——死亡与活着都是生命的一部分，是物质存在的不同形式。由于夏季跪地而亡，不会再有暴雨涨水，因此，河流泛滥的可能性几乎为零，作者这里采用语言的陌生化，把河流的静止说成是砍掉了头颅，与下文的"收割高粱"形成了对比，我们知道收割高粱，也就是砍下高粱的头颅。同时"秋风吹落我们的草帽"，何尝不是砍下我们的头颅的另一种表达呢。如果把静止理解为死亡，那么这里高粱的死亡，既有"夏季跪地而亡"的干脆，也有"河流静止而亡"的不动声色。再看最后一组关系：安详的青石——干净的泥土。青石接受着夏季的死亡，泥土承载着高粱的死亡。《红高粱》一诗，明写高粱，暗写的却是作者对死亡的思考，以及生命逝去之后的撕裂感。

在这首诗里，仿佛也能感受到一种对"原罪"的思考。在基督教里，由于亚当和夏娃禁不住撒旦的诱惑偷吃了禁果，后来的每个人生下来都是带着原罪的。那就是要忍受世间的一切苦难和折磨，并把这种苦难看作必然。苦难之一就是要接受万事万物永远处于一种不确定的变化之中，所有的不确定又会导致各种紧张和动荡，只有死亡才是永恒的。当然，我们将这些意象之间的关系进行梳理的时候，也会发现它们本身也有着各自的象征。死亡，相对于一个人来说，就是时间的静止，而河流，恰是时间的象征。孔子曾说逝者如斯，不舍昼夜，我们也常说：似水流年，等等。红高粱作为这首诗里的主体，人的出现可以看成是造物主对其命运的安排，赠予它生存，也赠予它死亡。而秋风与泥土，则不过是在这世间所经历的悲欢。另外，从"跪地而亡，砍下，吹落，收割"等动词的运用，我们也能感觉到死亡之锋利，之无情。

再次，具象与抽象。

很多人认为诗歌是一种"有话不好好说"的文学形式，不像小说或者散文那样有详尽的直接的解说。这种认识肯定是偏颇的，诗歌，非但不是"不好好说"，还是一种必须"好好说"的艺术形式。它是用高度凝练的语言，在具象与抽象的转换衔接和矛盾对立中，实现着本身的张力。我们以见君的这首《很温柔》为例：

> 这是风，雌性的风，
> 纤细的手指，扬起笑着的雪，
> 凝固整个天空。
>
> 白色的天空，
> 我们走在上面，就像血液在血管里流动。
>
> 苍穹是我们的荒地，
> 荒地里长满野生的眼睛，乳房，
> 和令人战栗的灵魂。

在这首诗里，题目里的"温柔"是抽象的，而雌性的风和纤细的手指是具象的；风雪是具象，而笑是抽象的；天空是具象，而荒地是抽象的；我们是具象，而灵魂是抽象的。在这种具象与抽象的结合与对峙中，风被赋予了雌性的柔情。大自然如果没有人类的参与，将是一个多么和谐的统一体。可是，由于人类的出现，白雪覆盖的大地变成了"白色的天空"。人之初，是上天的宠儿，也是自然的一部分，由于人的主观能动性，造物主赋予了他们行走的能力，因为人的存在，世界仿佛有了生机，人是大自然的血液。可是，随着人类的贪欲，当初的宠儿长成了逆子，他们对大自然缺乏敬畏之心，甚至野蛮破坏。雪地上大大小小的歪歪扭扭的黑色足迹足以说明这一点。正是因为有了人类的贪欲的足迹，天地更显得荒芜。此处，荒地即灵魂。虽然题目为《很温柔》，也用到了抽象的"雌性"和具象"乳房"，但是却处处透着一种"不温柔"。在这种抽象与具象的对峙中，表达了作者对人类与自然的关系的思考与忧虑，同时，该诗的张力也得到了进一步呈现。

最后，类矛盾手法的运用。

所谓类矛盾，即表面上相互矛盾，实则指向统一。这种类矛盾的写法会增加整首诗歌的曲折性、层次性和繁复性。我们以见君的这首《当时》为例：

> 你别看着我，怀疑我。
>
> 是那阵风，
> 把你的影子吹进水里的。
>
> 当时，我恰好路过；
> 当时，我喊着一个人的名字，
> 只是怕她在千里之外一个人孤独寂寞；
> 当时，那阵风经过时，
> 我只是疼了一下，打了个哆嗦。

在这首诗里，应该是"我"站在水边，想起了"你"，却不承认，偏说"你别看着我，怀疑我"。明明是自己心有所想，非要说"是那阵风，把你的影子吹进水里的"。一个"恰好"仿佛是偶然的瞬间，实际却是由来已久的萦绕。嘴里说"我喊着一个人的名字，只是怕她千里之外一个人寂寞"，实际却是我一个人孤独寂寞。有一句话说，一个人不寂寞，想一个人才寂寞。大概可以做如是解。风代表了外物的刺激，所谓借景生情，另外，最后一句，表面是说"我只是疼了一下，打了一个哆嗦"。实际上，也应该是对"你"听到"我"喊你的名字，而"疼了一下，打了一个哆嗦"的想象。这种类矛盾的手法，使得作者对瞬间情感的细腻捕捉在表现上，一波三折，将思念之痛表达得淋漓尽致。

总之，如郁葱所言，见君的诗歌特点鲜明，在中国的诗歌写作中，几乎没有同类。同时，由于他的诗歌强调智识的作用，在其字里行间充满了强烈的个人思考。如果读者能透过其纷繁的意象和复杂的结构，就能触摸到无望中的希望，究析莫名之妙。

第五节 李洁夫其人、其诗

李洁夫，1975 年生，中国作家协会会员，"燕赵七子"之一。曾任《女子文学》杂志编辑，《女子文摘》杂志首席编辑，同时兼《诗选刊》杂志编辑。现任《燕赵晚报》社会新闻部主任。著有个人诗集《诗，或者歌》《呼吸》《至爱》《时光碎片》《我对这个世界的要求越来越少》《平原里》，合著《三色李》《在河以北——"燕赵七子"诗选》。

郁葱说：李洁夫的诗多是一种发自心灵深处的追问和对生活现实的体悟，主体性极强。他的诗歌，"自我"是凸显的、强化的，毫不隐藏地矗立于语句的"前台"，不造作、不伪饰。读他的诗，我们可以清晰看到那个有特点的人、有弱点的人，甚至是小有瑕疵的那个人。

评论家阿平说：从整体上看，李洁夫的诗从容，有趣、有味，渐渐趋向松弛和透明。但是，从诗学建构上看，他依然处于未完成的探索之中，一方面，他诗歌的核心应向更加敞开的精神向度和维度进军，一方面要赋予笔下的万物更多神性，也就是飞翔于记忆之上，具有更大的审美性。

王克金认为李洁夫的诗歌中，"虚拟感"特别强烈。李洁夫在这几个"虚拟之乡"中，通过诗篇呈现、构筑，也会显示灵与肉游离的错位和变构。作为本在的灵与肉，它们共在于身心的整体结构中，并参与构成这一整体。

曹英人认为作为一个心灵体验家和具有哲思气质的人，李洁夫和他的诗，致心于对"好好爱——好好生活"的双向诉求，从核心题材的情爱诗到富于天人情怀的生活生态诗，通过感受性的智巧之思来启动，借助于局部经验（局部真实）的剪辑和互动，以及深入其境的对话性措辞、带乐感的日常性口语和不惮起伏性的移情表达，富于感官感染力的艺术变形经常不露痕迹地隐蔽在情意流淌的构词背后，反过来以可读可触的感性化风格，探索和表现了在当代生活中如何好好活着的同时，而仍能好好爱的可能；重塑了精神历程中对于爱、对于爱与生活的缔造、对于如何与此在和世界结盟的历程，经典过贪欢和梦想，经受过苦闷和虚无，也经会着万物的小幸福，终于完成了个体灵魂的进修之旅。

先锋在将李洁夫与李南的诗歌做对比的时候说：洁夫的诗与同样在诗中呈现出难过、自责、茫然的李南不同，李南更多的是关注社会的生存状态，而洁夫更多的则是灵魂独舞时的喃喃自语。

诗人大解认为：李洁夫的诗变数很大。此前我读过他的一些诗，给我印象较深的是他对现实生活的描述和理解，他的幽默和智慧。正是那些富有活力和带有杂质的东西，给诗注入了新鲜的血液。后来的一些诗，像《雪地里的红玻璃》《生活呵，总有什么让我感动》，则几乎剔去了所有的杂质，已经变得透明，几乎像是美丽的寓言，干净，纯粹，神秘。可见他在现实与梦想之间，保持着双籍，这使他的诗在物质与精神两个领域都不缺席，永远没有"不在家"的感觉。

杨如雪则认为李洁夫的诗歌较为冷静客观的叙述，忍不住的时候，跳出来一下，然后马上又恢复原状，继续智性的表演，边当演员边当观众。

辛泊平认为他的诗……粗犷中透着凛冽和决绝……在李洁夫的诗里，他对生活的坦诚让人感叹。就像是与老友对酌，李洁夫在微醺的状态下全方位打开自己，坦露自己的心迹。

向玉认为李洁夫笔下的苦难，哪怕仅仅是一个双腿流血的拉着架子车的跛子，都会让人感受到人性中的坚强以及诗人对苦难的悲悯和深切关怀。

韩文戈认为李洁夫诗歌葆有舒展、沉静的抒情品质，他对人类朴素情感的固守与凝视，宛如钝刀子割肉，使人不敢轻易忘掉。他诗歌"真挚"的情感、可以触摸到的体温以及"本色"的人间烟火味，不得不使读过他诗歌的人渴望再次进入他的诗歌，并享受到一种自然的呼吸——在雾霾渐重的时代，因其稀有而显奢侈，就如同人间那份朴素情感甚或男女爱情的稀有与奢侈，在某种意义上，这恰恰彰显了一个诗人存在的意义。李洁夫是一个走偶像路线却又兼具大众情怀的诗人。

李壮评论说李洁夫的诗给他的感觉和他的一个题目很像：《尘埃落定》。从容、冲淡，富有生活之中的细腻发现，充满温情……李洁夫许多回忆故乡的诗歌，都写得生动而深情；而乡土和城市两重经验的遥遥相对，也是李洁夫诗歌的一大话题。细腻和深情，决定了李洁夫会在诗中使用绵密舒展的语言，这是他的鲜明风格。

综合各种评论和现实考量，我们不难发现作者的人生轨迹也是近现代中国大多数第一代"城里人"的生存轨迹。他们的母根在农村,父辈过着面朝黄土背朝天的生活,靠天吃饭的境地导致了农村的大面积贫穷和落后,因此,很多年轻人都把离开农村作为第一理想。在《秋天之门》一诗里,就有这样的诗句……我年迈的母亲/正撩起斑白的相思//眺望城市的秋天/而我和我的女友正站在酷热的文字里/苦苦地咀嚼清贫并谓之生活……诗中的"我"和"女友"就是第一代从农村挤进城市的代表。他们并没有"不要输在起跑线上"的迫切感,因为他们确实已经"输在了起跑线上",这一点,谁也改变不了。人们常说"条条大路通罗马",仿佛每个人都走在前往罗马的路上,而实际上,有的人就出生在罗马。在李洁夫的诗歌里,很少会有那种声嘶力竭的不平感,他不去比较。相对于渺小如尘埃的个体命运而言,比较则显得矫情而做作,大而空,虚而假。天空乌云密布或者艳阳高照,对于一只蚂蚁来说,都毫无意义。它没有能力去左右,去改变。甚至即便理解了大环境,知道未来的风向,但由于自身条件的局限,也依然做不到未雨绸缪。他们只能按照既定的路程,一点点攀爬。

中国文学,历来都有在矛盾中追求和谐统一的传统。任何一部作品,读者或者观众都希望有一个封闭而圆满的结局。这与我们上学的时候需要一个标准答案是一样的道理。而现实却往往比任何一部作品都残酷,所以,诗人的使命除了引导与呼唤之外,就是发声。为民众发声,为苍生发声。在李洁夫的作品里,更多的时候,是在真实的环境里创造出来的一个"虚拟之乡",在这个"虚拟之乡",作者幻化成现实中一个又一个句点。时而张三,时而李四。他们是每一个"小我",也是每一个"大我"。时而卑微如草芥,时而漂泊如浮萍,时而诙谐幽默,时而严肃深情。在李洁夫的笔下,没有刻意地将作者隐身,而是让"人"在每首诗里活起来，站起来。他们走在诗行里，嬉笑怒骂插科打诨，他们爱了，哭了，笑了，老了……很显然，作者并没有追求一种"尘埃落定"的效果，生活还得继续，只要人活着，就有无数的变数，这是这个宇宙运行的不二法则。

在诗集《平原里》，李洁夫似乎在尝试另一种写作方式。他以诗歌记录了一个村庄近百年的历史。这样的尝试无疑是极具冒险性质的，同时，也证明是非常成功的。作者化身李小歪，李德周，李洁夫，无论是作为旁观者还是当局者，都能够紧扣主题，在一个人"史诗般"的叙述中，多角度多层次地完成了一次次的突破。由于"主人公"身份的变化，生活环境与地点的变化，得以接触到不同的人群，从而有了各种各样的情感体验。爱情，友情，亲情甚至大到对众生的悲悯，都在一种近似温婉却诙谐的气氛中逐渐显现出来。在整部书里，作者用的几乎都是口语化的语言，少有技巧与修饰。叙述平实，安静，娓娓道来。有时候，你会恍惚自己读的不是一部诗集，而是一本小说。掩卷之余，忍不住要问：什么是中国新诗？

中国新诗是现代白话文运动的产物，本身就是在摒弃文言文的基础上产生的。之所以要摒弃就是为了降低阅读和写作难度，让思想和文字成为大众的武器和灯盏。

《毛诗·大序》记载："诗者，志之所之也。在心为志，发言为诗。"南宋严羽《沧浪诗话》云："诗者，吟咏性情也。"诗歌之所以区别于其他文体，形式上，它并不是以句子为单位，而是以行为单位，行与行之间的关系，主要靠节奏的衔接，而不一定是以意思为主。在语言上，诗歌的语言更精炼，形象。与其他文体相似的地方，体现在都是对社会生活和人性方面最集中的探索和反映，同时，具有或者表达了丰富的情感和想象。很显然针对中国现代诗歌，"诗"与"歌"已经"分道扬镳"，而且这种差异也愈发明显。"歌"更看重节奏与流行，强调大众化。而"诗"则越来越走向小众，不断地向内进行拷问。尤其是受到西方后现代主义影响，很多的诗歌，翻译腔极其严重。在句法上，只注重语言的重组，甚至乱组，而忽视思想性。在内容上，描摹国外场景或者过多使用外国地名和人名。有些作者甚至连自己都不知道想要表达什么，或者表达了什么。这种语言花腔，看起来"洋气"，甚至"高大上"，实际上，只是一种表象。诗歌离不开语言，语言是诗歌的载体，但是，诗歌绝不仅仅是语言，诗歌应该是语言层面下的东西，是语言之外的存在。包括思想性和艺术性。同时，诗歌也是活生生的生命体。诗歌一旦完成或者发表，它就不再属于作者本人，而是像一个初生的孩子一样，它是属于大众的，属于每一个读者，因此也便有了"一千个读者就有一千个哈姆莱特"的说法。现在诗坛有一个很不好的现象，那就是有些人，离开翻译腔就不会写诗了。而翻译腔的出现，尤其表现在句法方面西化的时候，无疑会增加一些不必要的阅读负担。阅读负担不等同于诗歌文本的层次繁复。阅读负担是针对读者而言，诗歌层次繁复是针对诗歌文本而言，两者之间并不存在因果关系。

很让人欣慰的是，在《平原里》，李洁夫的诗歌语言，完全没有翻译腔。在近乎直白的表述下，诗意的空间无限扩大。他的诗歌，阅读难度不大，甚至可以用《冷斋夜话》里记述的"老妪可读"来评价也不为过。我们以其中的《哑妹》为例：

哑妹不哑

只是哑妹不爱说话

哑妹生在农村 长在农村

是一颗地地道道的苦瓜

哑妹从未到过县城

县城离村旮旯五十里山路

哑妹觉得梦一样的遥远

哑妹每日的活计只是洗衣做饭

喂猪喂鸭

哑妹不识字

哑妹爱站在学堂的墙外听

哑妹见了学前班的孩童

都觉脸红

直到有一天

哑妹和一个做木匠活的南方人

私奔了

人们才惊奇地说

哑妹怎么能这样

这是取自李洁夫的诗集《平原里》的一首诗。如此平铺直叙娓娓道来的手法，在这部诗集中屡见不鲜，这样的风格有别于他之前的所有作品。可以说，这是一种尝试，也是一种冒险。貌似口语的表达与叙述，稍微用不好力，就会走向"口水诗"的行列。"口水诗"是真正的大白话，随口而出，在语言的艺术性，文本的思想性方面都有待考查。而且，稍不留意，"口水诗"很容易等同于民间"段子"。如此，诗歌存在的意义就值得怀疑了。然而，在这里，通过"拉家常"一样的描述和口吻，呈现在读者眼前的却远远不是"口水诗"所能定义的。

之所以在《平原里》，作者的写作风格有别于往日，是因为在这本书里，写的都是作者深爱的熟悉的风物人情，是端坐于他的记忆深处的影子。因为在乎和敬畏，而抛弃了所有的修饰和修辞，以最质朴最真诚也是最简单的语言呈现。这一点很好理解，所有的修辞都是为了弥补情感缺乏或者协助日常语言进行精准表达而设的。在情感充沛真挚的时候，它会坦荡而勇敢地独立出现而不借助于任何外力。就《哑妹》这首诗而言，基本是一种"于无声处听惊雷"的感觉。通过作者这种安静地呈现和艺术性地再现，人性得以淋漓尽致地表达。作者没有说"村里人"多不好或者对之进行指责和怀疑，也没有说"哑妹"有多好或者成年以后的种种不堪境遇。这首诗类似于相声中的"抖包袱"，在大篇幅对哑妹进行饱经苦难逆来顺受的人设铺垫之后，笔锋一转，出其不意地安排她做了一件"冒天下之大不韪"的事——"和一个做木匠活的南方人私奔了"。在这首诗里，诗人成功地实现了"作者隐身"。在十八行的文字中，作者一直在以一个旁观者的角度叙述和描写，但是他想表达什么呢？我们知道，任何的艺术作品，我们都能捕捉到藏在里面的作者气质，美术作品如此，文学作品更是如此。人们往往愿意根据自己的经验，用眼睛和耳朵形成判断，从而产生偏见，这些偏见使得他们丢掉了多角度多层次思考的能力，这是大多数人的悲哀，也许，在这些"村里人"里也包括了你我。哑妹是谁？哑妹可以是我们其中的任何一个人——既活在他人的目光里，也活在自己的诉求里。其实，我们不难猜到哑妹以后的命运，大多数时间依然是安静的隐忍的，偶尔的叛逆能够改变她的人生轨迹，却不一定能改变她对世界的认知。

　　总而言之，通读李洁夫的诗歌，你很难看到晦涩的翻译腔，或者满嘴油滑的口语倾向，他只是在努力用最简单的语言来表达诗歌文本之下的思考，对于历史，人性以及周遭。

第六节　宋峻梁其人、其诗

宋峻梁，中国作家协会会员，衡水市作协主席。有诗歌集《屋顶上的雨》《触摸》《向内打开的窗子》《众生与我》，长诗《我的麦田》等，散文集《寻驴记》及短篇小说《迷宫》《什么都是药》等作品。作品曾获河北省文艺振兴奖，河北诗人奖，《北京文学》新人新作奖等。

郁葱在《多元塑造经典——2013 年河北诗歌创作扫描》一文中说：宋峻梁强调作品打动人心的力量，以作品处理着自身与世界的关系，并指出这种关系的紧张。有时候作品的松弛仿佛在拉长着日常，有时候作品的紧凑让人呼吸急促……他在处理刻画内心素材时一如既往的准确，善于抓住最为敏感的部分。

诗人大解说：宋峻梁的诗，在“燕赵七子”中是最干净简练的一个。他的朴素自然，接近于原生态，没有一点修饰。在他笔下，仿佛语言都是多余的，是事物自己在呈现，裸现出神韵和光辉。他漫不经心，轻描淡写，无论是旁观还是亲身经历，都显得轻松自在，仿佛一个世外高人，即超脱又不离开人间烟火。更可贵的是，他没有停留在语言和形式探索层面，而是在这种近乎清水无鱼的明澈表述中，情境互生，淡而味足，像平远旷达的山水画，体现出较为辽阔的精神气象，且具有人文的宽度和深度。因此，他的诗，往往小中见大，四两拨千斤，具有奇妙的感染力。

韩文戈认为：宋峻梁在对日常生活与诗意的转换中拥有一种训练有素的切入日常进而抬升生活的眼光与诗歌感受能力，这使他得到了双向的给予、滋润与提升，从生活到诗，从诗到生活，“日常的从容”，使峻梁颇具四两拨千斤之巧，智者不用傻劲。他诗歌节奏、气息的不紧不慢、舒缓自如，语言的质朴，既是他现

实生活里的真实状态，又应该看作来源于他生活中的那种自信在
他作品中的反映。

李壮说：读到宋峻梁的时候我非常惊喜，因为他的诗歌里有
一种很难得的素质，就是思维和想象的速度（突然抵达），以及
语言的"寸劲"（一击致命）。他的诗作和其中句子都很短，但是
节奏非常有力，而且常有天才般的诗句。

辛泊平说：从语言上，宋峻梁并没有太多的自我约束，而是
率性随意，或书面或口语，或隐晦或直白，都不是刻意为之，意
到笔随而已。但我却格外喜欢他那些有宋词遗风的诗歌，虽是偶
露峥嵘，但那些漂亮的短句却让人过目不忘，比如《纪念》里的
"羊群洁白，风如发""心肺如土，植三五相思"。当然，语言只
是诗歌的一部分，它可以成为风格，但绝对不是诗歌的终极。在
宋峻梁的文字里，我最珍视的还是那种生命的自觉感与灵魂的自
足性，包括他的自省，他的疏离，他的精神流浪，他疼痛的记忆
与决然的守候。

评论家吴媛说：理性和距离感，是宋峻梁的诗给我的最鲜明
的印象，对美，他是有距离的欣赏，淡淡的流露情绪；对痛，是
有距离的描摹，不动声色地勾勒感受；对生活，他始终竭力拉开
距离，客观而又敏锐，他的热情从来不像李洁夫那样直白，倒更
像是掩藏在冰冷花岗岩下的熔浆，滚烫却从不肯溢出。这样做一
面是尽力保持生活的本来面目，不让自己的情绪遮蔽生活的本
质；另一面却是努力给自我留下一段安全距离，让"我"不致被
生活的变化多端、扰攘复杂所湮没。

评论家苗雨时老师则在评论宋峻梁的诗集《屋顶上的雨》
时，通过对比姚振函的诗作，语重心长地指出：你（宋峻梁）的
诗直逼自我和近距离的事物，写自己的生存状态和日常生活的细
枝末节，并时有令人惊奇的感觉发现。正如姚振函所说的：绝对

的形而下。没有象征，也没有人为的生发与拔高。它于平朴中跳荡着新异，也能一下子激活人们对生活的感应。

第四届河北诗人奖对宋峻梁的颁奖词是这样说的：宋峻梁的诗集《向内打开的窗子》，延续着稳定有节制的写作。他强调作品打动人心的力量，以作品处理着自身与世界的关系，体现了作者在处理刻画内心素材时一如既往的准确。他的作品追求朴素、自然，并力图通过内心与世界的交流，表现现实的荒谬与无奈。宋峻梁的诗歌时而散漫松弛，这种诗意是我们熟悉的，又是陌生的，他更在意自我内心的感受，在意怎样准确地表达自己，因此在节奏的把握和意象的运用上有一点任性的随意，但又是必须如此的。他的诗传递的是真相，而不是被遮蔽的事实；是痛楚，而不是被包裹缠绕的或麻醉的伤口。鉴于此，授予宋峻梁第四届河北诗人奖。

2019 年 8 月，宋峻梁出版了一部由长诗，组诗和诗剧构成的诗集《我的麦田》。在这部诗集里，作者开始了另一种写作形式，实验也好，突破也罢，都是一种很好的探索。假如一个诗人守着某一种固化的风格因为害怕失败而不敢向前走出一步，那么，对他来说，诗歌已经死了，诗歌精神已经死了。但是，很庆幸，宋峻梁没有故步自封。在这部诗集了，作者仿佛一个流浪者，一个跟影子对话的人，一声落在故乡各个静物之上的叹息，一个关于一部乡村历史剧的导演，演员，观众。

纵观各种评论，结合他的诗歌文本，不难发现宋峻梁的诗歌在进行现代性思考的基础上，不乏古趣；在及物的描写上，又不乏留白之境，使得"人间烟火"具有凌空的高度。下面将就这两个方面逐一进行论述。

一、古典之趣

宋峻梁的诗歌，是在继承了中国传统文学的基础上的创作，是在融入了现代知识与思考的，对中国旧体诗词核心部分的延续，继承和发展。宋峻梁的诗歌，无论是意象选取，结构安排，还是精神向度上，都具有明显的古典倾向。我们以《众生与我》里面的作品《寺院》为例：

> 年轻的女师父撞了三下钟
>
> 匆忙就往外走
>
> 年老的女师父手里攥着一本经卷
>
> 在广大的屋檐下独自
>
> 走来走去
>
> 也不抬头
>
> 钟声遵循某个时间
>
> 招呼三三两两的女尼
>
> 往经堂集中
>
> 梵唱加重了大地上的烟色
>
> 寺院外的化工厂、养猪场
>
> 也罩上了一层肃穆。

在这首诗里，但就题目来说，就蒙上了一层中国传统的宗教色彩。一老一少两位尼姑，一个匆忙，一个从容，可能是修行差异，也可能是阅历差异才导致了这种动与静的对比，但是，画面却是和缓而安详的，在这里，读者会发现"静"的辐射面远远大于"动"，甚至可以说"静"覆盖了"动"。佛音不止是一种吟唱，一种声音，更大范围上说是一种影响和渲染。佛家的"普度众生"之意大概也在于此了，比如最后的"寺院外的化工厂、养猪场/也罩上了一层肃穆"。我们再看另一首诗《山还是那座山》：

> 山。本来是一座野山
>
> 山谷疯长草木，云朵都不整齐
>
> 静修的僧人与农夫偶尔相遇

在山楂树下斗一会儿数学

比试下收成

山就成了名山

水就成了瀑布

在门口砸核桃的小童，指着前面的柏油路说

爷爷采药去了

山脚到山顶，有一架木制的天梯

这首诗将典故与现实巧妙地结合在了一起，有继承也有发展。"山不在高，有仙则名"，当年刘禹锡在写这句话的时候，也无非是想要表达一种超然物外的境界，虽是陋室，但"谈笑有鸿儒，往来无白丁"。是人让山水有了灵性，人是山水的眼睛。在这里我们还能读到一些关于白居易《山僧下棋》的影子，包括贾岛的《寻隐者不遇》"松下问童子，言师采药去。只在此山中，云深不知处"。知与不知之间，有"一架木制的天梯"，这正是这一架天梯，将人间与世外连接起来，将俗身与空灵连接起来，将过去与现在连接起来。如题目所言《山还是那座山》，历史有了静止之美。

在《村庄里的故事》一诗中，作者写道：

……

这个女子肚子有点腆着

相貌上像谁又不像谁

我不认识她，然而

她的确是我们村的，甚至还是邻居

也许是谁家的孩子长大了

也许是谁家的孩子娶的媳妇

……

读到这里，贺知章的诗句如在眼前："少小离家老大回，乡音无改鬓毛衰。儿童相见不相识，笑问客从何处来。"六神磊磊和余秀华做过一期公众号，将唐诗宋词、六朝歌赋所表达的相同意境、心绪的文字与现代诗歌相对应，细细品味，竟有一种"古今两心知"的亲切。所谓"人之常情"，亦如在这首诗里，感慨是一样的，乡村是一样的，甚至于这代代传承的乡愁也是一样的，只是我不是当年的老者，而儿童换成了眼前某个似曾相识的邻居家的孩子或者媳妇。

二、及物之度

在一次桫椤的访谈中，宋峻梁曾经提到"及物"问题。他说："及物""烟火气"和不及物、凌空蹈虚是相对的。不及物和凌空蹈虚的创作，可以是完全抽象的，词语可能具有多义性，词语间的组合，需要解构和重组，空白太多。而如果这样的作品找到了现实的对应物，并且词语之间的联系是清晰的，那就是及物的，言之不虚的……当然，所谓及物，必须有诗意的呈现，有些作品貌似及物，意象、场景、情节等日常化明显，最后落不到实处，不能使日常升华为诗，也是不及物的。

纵观宋峻梁近年作品，很多都有明确的生活现场。也就是说生活现场与诗意更多时候成了孪生子，认识到这一点，也就最大程度上避免了凌空蹈虚的问题。但是，"烟火气"不代表就一定要用口水诗表达。宋峻梁的诗歌语言依然是典雅而含蓄的。我们以《鸭子》为例：

雨停下来

鸭子们喜欢的一段路

仍然泥泞

它们扁长的嘴巴在泥水里寻来找去

也许有一尾小鱼还活着

有一只蝌蚪还在游

天空已经蓝了

天空的蓝无法降落进这片泥泞

鸭子们欢叫着

呼扇起翅膀奔跑

比起干净的雨水

泥泞仿佛就是一次盛宴

在这首诗里，作者采用了最传统的诗歌叙述结构，有着完整的起承转合，描述的场景也再平常不过——一群鸭子经过了一段泥泞的路。这首小诗简洁明快，却寓意深刻。多像一些小孩子，大人说不要踩水，他却偏偏觉得跳进小水坑比走干净的路要快乐；多像大人，常规的路走得安稳，却总觉得人生乏味，偏要剑走偏锋，出其不意做一些超乎常规的事。相对于光明，黑暗因为不可见而更具有神秘性，因此也更让人着迷。弗罗斯特说诗歌应该是：始于喜悦，止于智慧。这首诗，恰恰就验证了这一说法。所谓喜悦，即生活中获得的灵感，而智慧，则是人从生活中获得的反思。看宋峻梁的另一首诗《关于死亡》：

不，我不怕死亡，但是我

害怕那死后的沉寂和永久的孤单

那寒冷，没有火，也没有肉体

除了泥土，无可依偎

大地上面发生的事物无法再参与其中

诗歌被当作玩笑或诡异的残留

当我安然等待死神的自行车铃，不，我不害怕

他的到来，或许是在投递一封识到的情书。

死亡是文艺作品探讨的永恒话题，更是诗歌需要表达的基本问题。假如对死亡没有明确的认知，生存就容易陷入盲从。死亡

是具体的，但同时也是抽象的。在写这一类题材的时候，如果不能从细微处着手，很容易陷入凌空蹈虚，陷入一种意象堆积或者呓语的状态。但假如从细微处着手，表达不当，又容易陷入单薄的叙事之中。在这首诗里，作者开篇点题，将死亡具体化，从个体经验对其进行阐述，由虚到实，再转落到死后诗歌的处境上，最后以"他的到来，或许是在投递一封迟到的情书"结尾，使得整首诗从理性分析和描述一下子过渡到感性的慨叹与希望之中。数十年人生，有人说漫长，有人叹苦短。长或者短，都不过是一个"情"字当先。当这些看似蹈虚的意象和陈述在现实中找到了对应物——诗歌与情书的时候，整首诗一下子立体起来。仿佛一个死气沉沉的人，突然面色红润，眼睛明亮。

　　以上两个方面的分析，只是宋峻梁作品的某一侧面，并不能全面展现作者的风格或者写作特点。当然，对于诗人作品的评论也总是仁者见仁、智者见智。宋峻梁是一个勇于探索和改变的诗人，文本具有多样化的特点。所以，我们也只能是就某一时期的某些作品中的共性进行归类与拆解，以期对后续作品的理解，能起到一个抛砖引玉的作用。

第七节　石英杰其人、其诗

　　石英杰，河北易县人，河北省青年诗人学会副会长，现居保定，保定学院文学院客座教授。代表作《易水，我深爱的河流》《荆轲塔是件冷兵器》《我始终没找到送信的人》《下雪了》《燕山下》等。出版诗集《春天深处的红颜》《光斑》《在河之北：燕赵七子诗选（与人合著）》《易水辞》等，作品在《诗刊》《星星》《北京文学》《诗歌月刊》等刊物发表，曾获得"大众阅读报 2008 年度诗歌作品奖"、第八届中国红高粱诗歌奖提名奖、荷花淀文学奖等，作品入选多种诗歌选本，被《新华文摘》《读者》《青年文摘》等转载。

大解在"燕赵七子"诗歌研讨会上说石英杰的诗，有一股英雄气，字里行间透出浩荡雄风。所谓风骨，也许就是如此。无论是深入历史，还是面对当下山河，他的诗都如重器，沉宏辽远，踏地回声。情感的宽度和硬度与词语的开阔凌厉浑然一体，成就了他劲键的诗风。近期我读到他写草原的一组诗，让我为之一振，诗中有一种荡气回肠之感。在他笔下，即使是柔情似水的东西，也总会透出时间磨损的沧桑感，显出内在的气韵。他的许多诗中，低沉感和飞翔感同时存在。一旦个人的精神空间与深远的背景相重叠，其厚度和深度会自然显现。我欣赏他语言的舒展，他内在的金属性，以及他的神秘和帅气。我喜欢他的诗。

韩文戈认为石英杰早期作品的沉郁，近作的空灵，几乎实现了与他生命各阶段所呈现出的状态相对应的某种契合，趋近于天、人合一，生、死意识在他诗歌中不动声色地觉醒着、假寐着，这种大气苍茫的状态连带他对虚无的体认，都逼迫我不能不对他的诗歌，尤其是他近一年来的诗作进行关注，并多有期待。

李壮在《易水河畔复悲歌》里提道：如果把宋峻梁的简洁、锋利比作长剑，那么石英杰的厚重有力就近乎于马刀。石英杰的诗拥有历史文化的色泽，气魄大、风格沉郁，很有特点，但又能够落脚于个体经验。例如他写易水，写沿河密布的丘陵平原、河中流淌的族谱传说，空间时间都在里面，气魄宏大。而最后又能落回到"我深陷于版图——你在我的背上"和"喝劣质酒的父亲"，使大不至于沦为空，能在个人生活中得到润泽，可谓收放自如（《易水，我深爱的河流》）。再如写荆轲塔，"天空下，那个驼背人/怀抱巨石一动不动"，时空的滞重感一下子就出来了（《荆轲塔是件冷兵器》）。他写白洋淀、写故乡的芦花，同时能够把这记忆中的风物同自身、同当下时代建立起一种身体感应："我用同一场风/轻轻搂住从里面掏空的时代"（《芦苇》）。

在他的笔下，故乡和历史构成了诗人完成情感自证、生命认同的重要部分，因此，它们与现代生活间的对峙必然是存在的，这种对峙冲突甚至在很大程度上构成了诗人内心之中的情感原动力。有趣的是，这种对峙有时会被直接写出来。《荆轲塔遇雪》一首，象征着历史传奇的木塔，跟山下火葬场的烟囱双峰并置。这是很有意味的一对意象，我读的时候十分期待，只可惜，这首诗在实际处理的时候，二者间还是有些割裂，对立始终只是遥遥相望，意味缺少碰撞、未能擦出火花。这其实也内含着另一个更大的话题：历史元素如何在诗歌中完成当代转换？那些过分强大的原型和母题（例如易水、荆轲），如何在今天被写出新意来？这是我对石英杰更远的期待。

曹英人在《关于"燕赵七子"的"反方"论剑》里说：石英杰是七子中最敢放出诗歌力量和重视诗人使命的，这种并不直接发作的能量回避了单向发力，是"建国十七年"以后的诗人们讳莫如深的，但不要忘记，文以载道、文以贯道作为儒家诗学和中华诗学的一种核心传统，正是党和人民对当代文艺趋向的必然期望之一。

阿平认为石英杰的诗歌是"燕赵七子"中与生活纠缠最紧的一个，一方面他一直试图用诗歌介入生活，直接反映生活的疼和伤疤，从生活的幽暗中寻找光亮，充满了浓厚的悲悯意识。在写作中，他常常翻越到生活背面，对生活进行拷问，使他的写作异于别人。这或与他的新闻职业有关，或与他的写作指向有关。在他坚守了米沃什说的"诗歌是时代的见证"同时，又在时代面前保有独立性和拷问精神。另一方面，生于、长于易水河畔，豪迈慷慨激烈之文风在他的诗歌中表现的彻底而辽阔。加之石英杰嫉恶如仇又宽厚热心之性格，造成他诗歌慷慨激昂又深沉厚重、热气腾腾，就是他的诗歌永远是热的，就是在对历史文化反思和现实拷问时，也会带着精神内部的热量，使诗歌不冰冷，不僵硬。

苗雨时老师认为石英杰的地域乡土书写，因为有别于任何一般乡土诗，而显得厚重、沉凝。他把自己沉埋在河水之下，谛听悠久的历史回声。有了这样的情结，生长在乡土之上的村庄、林木、禾稼、父母、亲人、朋友，就都有了神圣、顽韧的生命。暗夜长空，明月孤悬。连大山都像是"沉默的修行者"，它以白杨之"竖"与河流之"横"，做成一架古琴，仰望归鸿，拨动琴弦，弹奏了一曲"从离合到悲欢，从万物生到万物灭"的自然山川的鸣奏曲，在天地间久久回旋。有了这样的生命律动，就有了诗歌掷地有声的金石语言。诗人以它的坚硬、棱角、光芒、质感，面对人世间的不公不义，对自然的惨遭毁灭，有荆轲塔在，还有什么话不敢说?! 一个智障女遭遇车祸被医院遗弃的事件，他以那个女人的口吻说，"找不到回家的路是有罪的"，"突然被汽车撞倒是有罪的"，这话语中潜含着对勿视生命的控诉。古道热肠，侠义情怀，内化为诗人的灵魂，而孕生了他诗歌的燕赵风骨！

已故诗歌评论家陈超曾经说过：诗歌不必要你懂，而是要你感觉。他曾引用《沧浪诗话》里的句子说："诗有别材，非关书也。诗有别趣，非关理也。不涉理路，不落言筌者上也……诗者，吟咏情性也。故其妙处透彻玲珑，不可凑泊，如空中之音，相中之色，水中之月，镜中之象，言有尽而意无穷……诗道惟在妙悟。"好诗自有好诗的气质，差诗也自有差诗的面貌，若非要说出一个子丑寅卯来，却是"此中有真意，欲辨已忘言"了。因此，每每谈及诗歌，我只能说印象如何，感觉如何。

最早接触石英杰的诗，是相对于众多其他作品中的不太起眼的《我的笔》：

我承认，我的笔

大半部分是易折的塑料

可冲在前头的真是金属

就剩这么点

我全都拿了出来

借助它得以插进板结的时代

像土地消费犁铧

笔锋不断被磨损，就要磨成一根刺！

在这首诗里，没有嘈杂的修辞，没有大声疾呼，只有安静的注视以及很有力道的娓娓道来。一支具体的笔，一个被抽象出来的人，一会儿是笔，一会儿是人，人与笔合一，最终达到了物我相融的境界。这一类诗歌，我称之为"教科书式的作品"或者是"写给学生的诗"，此类作品可以作为高校中文系诗歌写作专业或者诗歌爱好者们的学习材料。与之相似的作品还有《避雷针》：

哦，尖顶——

我替你走到了尽头

把金属的肉体献给闪电和雷鸣

那些天上的秘密

不为人知

通过我，一次次传递给沉默的大地

辨认，扩散并且消失

至今尚未传来任何回声

说到读后感觉，往往会让人产生一种萧萧易水的悲怆。《我的笔》里面有一种义无反顾的明知不可为而为之的倔强，大有一种"壮士一去兮不复还"的决然。而在《避雷针》里，则有一种坠入深渊的虚空感，一种无奈与无力的绝望。

石英杰的诗歌，并不仅仅追求物我之间达到统一，而且还在努力从庸常的事件中，剥离出自己，然后再揉进去，使得我与事件达到统一之后站出来为事件代言，比如《扫雪》：

大雪下了三天三夜，终于停了

华北平原干净如白纸

那么多人低头扫雪

原谅他们吧

这些黑蚂蚁需要一块脏地方立命安身。

有人说真正的勇敢是认清了生活本质以后，依然热爱生活。当我们对于人性有了全面认知以后，尤其是对人性之中的恶几经领教之后，依然能怀一颗悲悯之心，理解并同情，这需要智慧，更需要勇气与境界。原谅二字，一出口，便带着叹息与爱。

石英杰另一类诗歌，我称之为"写给自己的诗"。无疑，诗人也是需要不断学习、自省从而成长进步的。在这个过程中，不断地提问、假设、尝试、思考，便成了一个诗人必备的功课。"诗以言情"，借助这条必经之路，诗人呈现出了不断自我叩问的形象。比如《玻璃栈道》：

我们终于爬到了山顶，玻璃将肉体悬置

眩晕啊，惊叫啊！

仿佛我们立刻就要摔进深渊——

迟钝的突然加速

那些庸常的

转眼变成狰狞的怪兽冲到我们面前

其实，玻璃栈道是安全的

并不存在危险

真正危险的是

置身庸常的生活，和杀机面对面却浑然不知感到安全

不是玻璃不透明，而是彼此搅在一起，缺乏距离和制高点。

哲学，在西方称为智慧之学，它是所有学科的终极并向我们提出了三个问题：我是谁，我从哪里来，我到哪里去。对于自我身份的认知一直是诗人也是我们每个人思考的问题。于是，生活中的琐事变成了富有深意的暗示，我们的每一次发声都成了谶语。诗人这一类诗，也可以说是"往里看"的诗。只是，处于时代的雾霾之中，处于匆忙的生存追逐之中，我们，还有多少人具有这种提问的能力呢？

除了哲思，这首诗歌还为我们提供了另一种解读，那就是"四面楚歌"而自己只能"拔剑四顾心茫然"的无依和困惑。

《肖申克的救赎》里有一句很好的总结：人们要么忙于生存，要么赶着去死。在生与死之间，是什么让我们把人世看作天堂，把天堂看作地狱？富兰克林说：自助者天助。中国历来不乏自助者，而自助者最相似的特征就是不断追问。

石英杰的另一类诗是"写给大地"的诗。诗人出生在易水河畔，自古便有慷慨悲歌的传统。这一点，已经融入诗人血脉。他深爱家乡的每一寸土地，俯仰之间，尽显悲悯情怀。比如这首《燕山下》：

乌云的翅膀一动不动了

草原仍然向苍茫的远处走去

孤独的山羊蜷卧着

眼里闪动的泪水就要落下来

我看了又看

怀疑她不是羊，而是一座受伤的山坡

石英杰曾经说过，诗歌在写完的一瞬，已经不归作者所有，它已经有了自己的血肉和意识，此时的作者也成了读者之一。在写作的过程中，也是诗人与诗歌相互打开的过程。这些，我深以为然。由于读者阅历与学识的差异，对于诗歌的理解，也会千差万别。鲁迅先生曾经说一部《红楼梦》，经学家看见《易》，道学家看见淫，才子看见缠绵，革命家看见排满，流言家看见宫闱秘事！面对一首诗，何尝又不是如此呢？实际上，正如叔本华所言：人们最终所真正能够理解和欣赏的事物，只不过是一些在本质上和他自身相同的事物罢了。关于《燕山下》，有人读到了个人主义的迷茫，有人读到了乡土情结，更有人读到了虚无主义的绝望。可是无论哪一种解读，都可以概括为：燕山情怀。

　　燕赵自古多慷慨悲歌之士，慷而慨，悲而歌，无疑是这片土地上的文学传统。类似还有这首《孤山》：

尘土退场了，只剩下透明的风

他的手没有了

脚也没了

太冷了

这个人独坐在天地之间，已经削发为僧

　　面对幽州台，陈子昂曾有：前不见古人，后不见来者。念天地之悠悠，独怆然而涕下的绝唱，千百年后，当历史的硝烟退尽，荒凉一座孤山，坐定如僧，前来朝圣的诗人怆然依旧，两位诗人之所以能达到千古共情，应该是天人合一、人文合一的最佳诠释。

　　再次回到最初，在读完石英杰一系列诗歌，掩卷之余，悲歌绕梁。在技艺上诗人无疑已经逐渐炉火纯青，从境界层面来讲，也从个人小情怀逐渐转移到了对大地、天空、人性的追问。但是，无论是哪一种风格的尝试，我们都可以看到字里行间如幽灵般存在的忧伤，一种宿命的忧伤。世人皆有忧伤，唯有诗人可以让它如此动人。是的，时代需要诗人，而诗歌需要悲情的英雄情结——世人皆醉，而诗人必须独醒，独醒是痛苦的，也是幸福的，因为有诗。最后，我愿意用这样一句话总结："为什么我的眼中饱含热泪？因为我对这片土地爱得深沉。"

第三章 "燕赵七子"诗歌代表作点译

第一节 东篱诗歌点译

海棠树下

那日，打海棠树下经过
纷纷扬扬的花瓣，似春雪
不经意间，已落满眉宇、肩头
我得承认，我有一颗柔软之心
当美好的事物被撕碎，我的心会颤栗，疼痛
想前几日，它开得还那样恣肆
像个孩子，任性、顽劣，永远不懂大人的隐忧
现在竟是花骸遍地
生命的消亡如此迅速，仿佛来不及挥霍
粉红的容颜，单薄的肉体，它的美我说不出
我想把它们捧回家，埋在花盆里
并非矫情，是爱美，是恻隐，是现代之闲情
倘有好友来访，我还想打一壶酒
在树下，在花间
春光放浪，我愿委顿

初读这首诗，很容易让人联想起《金缕衣》里面的句子：花开堪折直须折，莫待无花空折枝。但细读就会发现，含义远不止这些。比如面对美好事物被撕碎的疼痛，比如葬花，比如花间饮酒的遐想。诗歌里所表达的情感起伏跌宕，也绝非作者所言的"现代之闲情"那么简单。

Under the Begonia Tree

One day, we passed the Begonia trees

The petals, like spring snow

Falling on my eyebrows and shoulders

I have to admit, I have a soft heart

When beauties are torn apart, my heart will shudder and ache

Thinking of a few days ago, it bloomed so wantonly

Like a child, willful, naughty, never understand the adult's worries

Now it was over

The death of life comes so rapidly and too late to be squandered

Rosy cheeks, thin body, its beauty was unutterable

Only if I could take them home and bury them in the flowerpot

Not out of hypocritical, but love of beauty, compassion and a modern leisure

If some friends come to visit, I'd like to buy a pot of good wine

Under the trees, among the flowers

In the spring wave, I would like to be the drowning one

落日

我想，老天是仁慈的
在收起薄翼之前，把最后一桶金
倾洒给人间
倦鸟的幸运，在于迷途
在于前方终有一座空旷的宫殿，收容它
承载一切而无言的是大地
包容众多却始终微笑的是湖水
一波、一波地派送，向岸边的沙石
向水中的芦苇以及藏匿的苍鹭和斑嘴鸭
打鱼人收起网
摘净缠绕的水草，将未成年的鱼
放入湖中。仿佛一天的工作，结束了
他坐在船头，安宁、自足
仿佛十万亩湖水在胸中，细微之光
从内溢出

这首诗描写了日落时的景象。视野由大到小，从天空到打鱼人，老天的仁慈在于垂爱人间，而人间的幸运，在于经历迷途之后有山林、大地与湖水可归。渔人打鱼是动物生存之法则，但在法则之下，依然有温情。比如把未成年的鱼放入湖中，让它也经历"迷途"，一步步完成造物的安排。整首诗仿佛是一幅安静的带着暖光的油画，有一种与世隔绝的美。

Sunset

God is kind

Before closing the wings, he gives the last pot of gold

To the world

The luck of a tired bird lies in its getting lost

There shall be an empty palace in front to take it in

It is the earth that embrace everything without words

It's the lake that harbors everything with smiles

The smiles are sent wave by wave, wave by wave,

To the shore of sand and stone

To the reed and the heron and spotted duck hiding in the water

The fisherman drew up his net

He picks up the entangled aquatic plants and remove the juvenile fish

And tut them back to the lake. It's like the end of a day's work

He sits in the bow of the boat, peaceful and self-sufficient

As if a hundred thousand acres of lake water is in the chest, with subtle light

Overflowing from inside

减法

多年后，我会将我的肉身

还给父母

不过此前，我要将多余的偏见

还给教科书

将可耻的贪欲，还给这个

卑鄙的时代

那时，油葫芦泊将昔日重来

我把自己涂成一条泥鳅

我要让过路的人，捎话给

正烧柴做饭的母亲

我是干净的

那时，大地上蹲着几个土丘

蜻蜓低飞，诡秘不语

　　这首诗的题目是《减法》，那么，我们是从什么时候开始做加法的呢？我们的偏见、贪欲又从何而来？也许，人只有在面对原乡的时候，才会想到回归，所谓返璞归真。归到哪里？一株草里，一朵花里，一条泥鳅里……这首诗的另一个亮点就是时间的穿插与交替。"多年以后——此前——那时——那时"，读者可以在读最后两句的时候反复琢磨。

The Subtraction

Some years later, I will give my body back

To my parents

But before that, I'm going to return the extra bias

To the textbook

Give my shameful greed back

To the shameless times

And then, my Youhulupo will be back again

I shall dress myself as a loach

And ask the passer by to take some messages for my mother

Who will be cooking at home

And I will be fresh

At that time, several mounds will squat on the earth

Dragonflies will fly low

With some mysterious air

晚居

余下的时光，就交给这片水域吧

还有什么不舍？还有什么纠葛

难以释怀吗？

一把水草，可食可枕

一捧清水，足以涤荡藏污纳垢之心

风声、鸟语、波浪，是阅尽人世的

无字之书

做个明心见性的听众吧

以戴胜、夜莺为邻，但请勿打扰

见鹬蚌相争，也不行渔翁得利之事

闲暇就划船去看水中央的那棵树

静静坐一会儿，"相看两不厌"

仿佛两个孤独的老朋友

俗话说叶落归根，这首诗恰恰表达了这样的一个主题。读东篱老师的诗，也许会发现，他并没有在诗歌中追求先锋和突破的想法。诗里所表达的情绪、情感大多数都带着普遍的传统中国文人的温和，处处透着一种士大夫情怀。它安静、隐忍、孤独、柔和，仿佛春日里的暖阳，不刺眼、不灼烧，可以给人以踏实、亲切之感。

For the Rest of My Life

Leave it to these waters

There will be no entanglement or anything else worth attaching

I can eat the aquatic plants when I am hungry and use them as a
pillow when sleepy

A handful water is enough to wash away all my sins

Waves, winds and birds singing are all books without words about

the world

I will be an enlightened audience

Regard hoopoes and night herons as neighbors

And I won't take advantage of the fighting between the Snipe and

Clam Grapple

I will go to see the tree in the middle of the row when I am free

Sitting quietly for a moment

Like two lonely friends

We will gaze at each other silently

暮春登榆木岭记

榆木不可见

岭上多山花

这没见过世面的美

让同行者大采一再弯腰

青杏明年还会小

唯长城一老再老

这破败的河山

让老杨平添三分修复之心

我无成边志，常有退隐意

几只羊躲在烽火台里纳凉与反刍

券洞里的小山村

在杨花落尽子规啼的波浪中

安稳如婴儿

东篱在很多诗里都提到"退隐""归隐"等字眼，这并不是说一个人想逃离现实，而是从另一个侧面表达了作者对现世安稳、岁月静好的一种追求。这又何尝不是那些忧国忧民的先贤们的追求呢？战争烽火，生灵涂炭，输赢都是野心家的游戏，所谓"兴，百姓苦；亡，百姓苦。"在兴亡交替中，升斗小民求的不过是一日三餐的安稳，一家人的整齐和乐。这种朴素的愿望，即便带着孤独的影子，也是令人向往的。

The Elm Ridge in Late Spring

Elms were not visible

There were so many mountain flowers on the ridge

Their beauty has not been found by the outworld

Which made my fellow travelers bend to pick them again and again

Green apricot would be smaller next year

Only the Great Wall would be older and older

This declining rivers and mountains

Made Lao Yang feel a great compulsion to restore their past glory

I often had the intention of retiring

Instead of the ambition to garrison the border

Some sheep were hiding in the beacon tower to cool and ruminate

The small mountain village seen from the voucher hole

In the waves of falling poplar and cuckoo's crying

was like a baby sleeping, safe

鸟鸣

那时的孤独在于

除了读书、拾柴、割草、挑菜

就是满大街地疯跑

随后被骂为糟蹋粮食

这时，我会去油葫芦泊听鸟鸣

一浪一浪的芦苇

一浪一浪的鸟鸣

更加孤独时，我就带着捡养多日的小鸟

四处溜达

小鸟像忠诚的小狗一样，颠颠地跟着

像出生不久的小鸡一样，咕咕地叫着

后来，我几乎看不到鸟了

水泥路上飞行的

都是夹着翅膀做人的鸟人

更听不见什么鸟鸣

唯闻轰鸣

一切与鸟鸣无关的东西

都让我厌烦

这首诗理解起来应该没有什么难度，需要注意的是里面的"鸟鸣"与"轰鸣"之间、"鸟"与"人"之间的对比。小时候在油葫芦泊的孤独是可以治愈的，比如鸟鸣的拥抱，比如小鸟的陪伴，虽是异类，却可知音。如今，时过境迁，满大街的同类，却无一人可诉。也许每个人都有回不去的油葫芦泊，到不了的梦之乡。

Song of Birds

Once, my loneliness came from

Going to school, collecting firewood, cutting the grass,
mowing pigweed

Running around on the street

And the accompanying scolding for wasting time

So I went to the Gourd Pool to listen to the song of birds

A wave of reeds after another and then a wave of songs after another

If lonelier, I would carry the picked bird

And stroll about the town

As faith as a dog, it followed closely

Cooing Like a new born chick

Later, the birds were hardly to be found

The ones flying above the concrete road

Were birdmen with their folded wings

And I could not hear any songs of them except the noise

Anything that has nothing to do with the song of birds

All get me annoyed

叶落青山关

我爱极了这暮年之色

它由黄金、骨骼、光阴

月亮的通达和秋风的隐忍组成

群山有尘埃落定后的宁静

偶尔的风吹草动

不过是郁积久了的一声叹息

石头开花了，仿佛历史有话要说

张张嘴却咽了回去

我端坐其上，明白自己的修炼

远不及石头的一二

有观光者八九，御风而行

仿佛奔跑的草籽，急于找安身之地

这首诗写了秋天的青山关，仿佛一个人的暮年，知天命，顺天意，周身都是尘埃落定的淡然与宁静。这宁静与通达让人产生一种对于"安定"的向往。所以，我羡慕石头，游人被比喻成了"草籽"。

Leaves Falling on Qingshan Pass

I extremely love the color of lives in their autumn

Composed by gold, skeleton, time

And the moon's sensibility and west wind's endurance

Mountains are in the peace of everything in settled

Occasional bending of the grass with wind's blowing

Is a sigh smoldered so long

Stones are blooming, as if the history has something to say

But before dashing out, the words were swallowed

I was sitting upright on the stone, knowing my austerities

Come nowhere near as hard as the stone

Several sightseers walking against the wind

Were like running seeds eager to find a place to settle down

情人

她老了
她在发呆，爱上了回忆
她说，那个戴眼镜的小个子书生
至今还走在文化路的夜晚里
多少年过去了
书生的墓草青了又黄，黄了又青

合欢，合欢
她一直迷恋这水禽一般的呼唤
她说，"和我神秘的梦境一样绯红"①
啊，人们啊
请原谅一个活在往事里的老妪
偶尔也会泛起少女的红晕

彼时，她有大理石的安详
她的甜蜜和忧愁，像蓝色的湖水一样

注：①为林莉诗句。

读的时候，脑海中里浮现出了一位鬓发花白的老人，弹着吉他唱《因为爱情》。那时候，她面带笑容，眼里却泪花闪烁。她说把那首歌送给天堂的爱人，这是一个电视节目里的情景。在这首诗里，情人，有情之人。既指老妪，也指书生。一个走了，却永远活在了另一个人的眼里。一个还在，却将自己封闭在了回忆里。一个往前走，一个往后走。爱情的美好除了长相厮守耳鬓厮磨，其实还有回忆悠长。

Lover

She was old

She was in lost and fell in love with memories
She said, that little scholar with glasses
Was still walking on the night of Cultural Road
Many years had passed
The grasses on the scholar's grave
Turned yellow from green
And green from yellow

Hehuan Hehuan
She has been infatuated with the call of a water fowl like
"As red as my mysterious dream," she said
Ah, strangers
Please forgive an old woman living in the past
Occasionally there would be a girlish blush on the face

At that time, there was marble peace in her
Her sweetness and sorrow were like the blue lake

相见欢

乌秧乌秧的人群退去，油菜花现出狂欢后的倦容
一种被过度解读的黄，令人生疑
远山青了又青，不为加重某种颓势，只为把春风赶往北方以北

我乐得人走茶凉，借机亲近倒伏的一株

一只蜜蜂霸据花心，黑褐色的屁股翘起一小片光，打在我脸上

每年油菜花开的时候，都会吸引来大批的蜜蜂和游客。大片的油菜花被用作背景、被端详、被关注。诗人在这里产生了一种共情，仿佛自己成了一株被过分解读的油菜花。春天是救赎，也是负担。对于喧哗的厌倦让人产生一种对"人走茶凉"的渴望。群体的狂欢始终敌不过个体的孤独，当作者带着孤独之心去安慰一株也应该孤独的油菜花的时候，却发现，它已经拥有了一只蜜蜂的甜蜜。这一发现，正对应了题目《相见欢》，我想，当"一小片光，在我脸上"的时候，诗人应该是有所安慰的吧。

Happy Encounter

The waves of crowds receded

Canola flowers in the field showed their tired appearance after carnival

It was doubtful that a kind of yellow had been over interpreted

The distant mountains were green again, not to aggravate some kind of decline, but to drive the spring breeze to the north of the north

I was happy to see the tea cool down with the people leaving

And take the opportunity to get close to a fallen one

A bee dominated the flower's heart.

The small piece of light rising from its tilted dark brown buttocks

Hit me in the face

南湖晚秋

大自然有删繁就简之力
我有躲清静之心

不是秋风在扫落叶
是落魄的人在寻还乡路

守园人也并非落叶收集者
他们此刻更懂得撞身取暖

黟黑的树干远看如瘦鬼
在风中仿佛跟什么人打招呼

天瓦蓝瓦蓝的看不到一丝杂质
我担心时间长了它因不堪承受而自焚

苇枯鸟走，水面的孤寂可想而知
如果没有风，它迟早会破裂

太大太平静了也不见得是好事
长时间注视它消化着内心的风暴

湖边独坐
我更像是被截锯了脑袋和身子的矮树墩

南湖是唐山市区的一处湿地公园，水域辽阔，四周芦苇摇
曳、树木丛生。这首诗里所描述的就是南湖晚秋的景色。字里行

间，人与自然融为一体。都有洗尽铅华，归回本源的愿景。需要注意的是：本来作者与大自然一样，都想删繁就简，最后担心"太大太平静"会不堪承受。这种矛盾的心理让整首诗读起来一咏三叹。所以，在结尾，点出了主题即：既回不去，又走不开的无奈。

Late Autumn on South Lake

The nature has the power of simplifying the complicated
While I have the pursuit of solitude from the crowd

It is not the west wind sweeping the fallen leaves
But the traveler looking for the way to hometown
Fallen leaves are not just collected by the Orchard Keeper
They themselves know the benefits of holding together when getting
warmth

The dark trunk looks like a gaunt specter in distance
Greeting some one in the wind

The sky is so blue
Which makes me worry about its burning itself
Because of the unbearable pure

With reeds withering, birds flying away
Water's loneliness is predictable
Without wind, it shall be broken sooner or later

It's not a good thing to be extremely huge or quite
Long time staring will consume the storm in my heart

Sitting by the lake alone
I was like a stump with the head and body sawed off

秋风辞

母亲临终前十几天
开始禁食寡言
笼子里的蝈蝈
自秋分后
也出现了类似情形
懒得吃东西
叫得不欢了
两翅似生锈的锯片
嘎吱嘎吱的
让人难过
抚摸他日渐消瘦的肚皮
仿佛丝丝秋风
掠过水面
有刀片
切开了我的中指肚

　　这首诗有两条线，一条是母亲在临终前的表现，另一条是秋
后笼子里的蝈蝈的样子。无疑，母亲的离开是最让作者痛心的，
但他却把大量的笔墨用在描写蝈蝈上。这里，我们需要明白有些
注视来自眼睛，而更深的注视则来自心里。可以想象作者多不愿

意母亲离开，甚至想到逃避。可是，哪里能逃避呢，目之所及，
皆是母亲。

Autumn wind

Ten days before my mother's death

She began to fast

Since the autumnal equinox

The manger in the cage

Was in a similar situation

It was unwilling to eat anything

Neither to sing lively

which made me sad when I felt its emaciated belly

Like the autumn wind

Skimming over the water

It cut my middle fingertip

With its blades

大雪无痕

一种混沌的白，让一个人的屋子

沉静而空旷

此时是下午。那个陌生人的脚步

始终在你背后，不慌不忙

似乎停滞了。许多东西悄然老去

而你浑然不觉

后山的积雪，一茬压着一茬

新鲜、灵动

你看见一只鸟。它是黑色的
始终是黑色的
像一粒尘埃，起伏不定
雪落在陌生人的身上，瞬间就隐逸了
落在鸟的身上，雪成了黑色
而你眼中的大地，没有一丝阴影

这首诗里有四组意象交错，一个是窗外大雪纷飞的世界和因
此突显空旷和沉寂的房间；一个是被隐身的"我"和内心深处的
潜意识里的"陌生人"；还有一组是"我"与窗外的黑鸟；最后
一组是"陌生人"与"黑鸟"。通过意象之间的离合纠缠，把
"大雪无痕"这一主题表现得淋漓尽致。一个人的内心兵荒马乱，
表面看来却是波澜不惊。大雪可以染白陌生人，却无法染白黑
鸟，而黑鸟飞过，也并未在雪地上留下任何阴影。我们需要体会
的是"陌生人"与"黑鸟"各代表了什么。

No Trace in Heavy Snow

The chaotic white outside made the room

So quiet and empty

It was afternoon. The stranger's steps

followed you, in no hurry

It seemed almost faded away. Many things faded away before you

know it

And you didn't know

The snow on the back of the mountain became heavier and heavier

Fresh and alive

You saw a bird. It was black

It was always black

Like a grain of dust, flying ups and downs

The snow fell on the stranger's clothes and disappeared in an instant

It fell on the birds' feather and the snow turned black

In your eyes, there was no shadow left

On the earth

黄昏
——在唐山大地震遗址

一天中最后一抹金色

被喜爱光阴的家伙

慢慢吞食掉了

世界的真相开始坦露

见不得光的

不全是鬼

人是黑暗中

最黑的一部分

家园

只剩几根黑黢黢的柱子

挺立的叫硬骨头

躺下的便成了废墟

在月亮出来前

我独爱这段静处的时光

我一次次地来

不为凭吊，不为对饮

面面相觑而已

唐山大地震遗址就像从历史的废墟中伸出来的一双手，有人看到奋起，有人看到挣扎；有人看到绝望，有人看到希望；有人看到大善，也有人看到大恶。无论生者看到什么，对于那些远逝的生命而言，都已经不重要了。就像电影《唐山大地震》中的一句台词：死了，就死了，什么都没有了。我们生之偶然，死亦偶然，有谁还在中间追问真相和意义？黑白的交界处，修饰辉煌灿烂。吞食金币的人，最终死于金币。当炫目的光环退去，时间啊，总有一刻，会还原一切。可作为每一个个体，站在生死拐角，我们又能做什么？除了面面相觑。

Dusk

——At Tangshan Earthquake Site

The last touch of gold in the day
Is slowly swallowed by
The guy who loves time
The truth of the world begin to be revealed

The invisible
Are not all ghosts
Man is the darkest one
in the dark

As for home
There are only a few black pillars left
Standing ones are called hard bones

Those lied down are ruins

Before the moon comes out
I love this quiet time in particular
I come here again and again
Not for mourning, or drinking with them
I look around, nothing in mind

泥瓦匠之歌

我喜欢大雪天，怀想一个人
风在天地间，搅动成堆成堆的棉絮
我在心里，来回搬运与她有关的字眼
像个笨拙的泥瓦匠，不知该选用怎样的词句
砌垒她，使之还原并复活
我有不可言说的沮丧，泥瓦匠有推倒重来的
破坏欲与倔脾气

在这首诗里，风、泥瓦匠、我三者之间的共性在于都是动作的施加者。风，搅动大雪，泥瓦匠不断地在垒砌，我在心里想一个人。我们都对自己的努力不满意，一次次推倒重来。这首诗的亮点是让三条线很自然地共处一个空间，彼此关照、映射，这样，就使得一首诗自成宇宙。

Song of Masons

I love snowy days and on which I can bring someone to my mind
Between heaven and earth, winds are stirring piles of cotton
Back and forth in my heart, words related to her are stumbling

Like a clumsy mason, I don't know which to choose

To build her, to restore and revive her

I have unspeakable frustration.

The masons have desire and stubbornness for destruction

He pushes all down and restarts again and again

为教场沟而作

余下的四十年，我打算这样度过

每日采集清晨的鸟鸣和夜晚的萤火

在月光下清洗戴罪之身

收众多无家可归的山丹丹为义女

这些涉世不深的山妮，对陌生

葆有一颗羞涩、惊慌与敬畏之心

这不是偏好，是救赎

死后，就作她们脚下裸露的石灰石

恍若羊群，或卧或行

风吹草动，赶着满坡的羊群飞奔

张执浩在《高原上的野花》一诗中，曾有诗句：我愿意为任何人生养如此众多的小美女……我真的愿意 做一个披头散发的老父亲。"花"这一意象总是充满阴柔之美，在法语中，fleur 是一个阴性词。在汉语中，我们也多用花比喻女性。尤其在女子名字中，表现尤为突出。面对那些生长在野外的花，天大地大，自由自在，谁能不心生怜爱呢？作为家园守护者的男性，更是如此。所以，他们不约而同都选择了"父亲"这个角色，而不是"爱人"。因为父爱比情爱更浩大无私，它是建立在"无条件"的基础之上的。

To Jiaochanggou

I want to spend the rest forty years like this：

Collecting songs of birds in the morning

Gathering the fireflies in the evening

Bathing the sins in the moonlight

Adopting many homeless azaleas as my daughters

Facing with the strange

Those babes will be shy, be nervous and pious still

I do this not from preference, it is the redemption.

After death, I am willing to become a bare limestone

lying under their feet

Like the flock, they can lie down or walk on it

When winds come, the swaying grass will push them

To run all over the slope of the hill

第二节 李寒诗歌点译

新春快乐

盐罐里注满食盐，水桶里打满净水。

擦去器物上的灰尘，

露出来它们原有的光泽。

水仙花似解人间风情，

也选在这一日绽放。

玉盘金盏，只一小盅

便足以将人灌醉，

115

更何况它们斟满了十四杯。

妻子从温暖的阳台上，
收起晾晒好的衣服，抚平，叠好，
一件件放入橱柜。
女儿暂时不必为作业苦恼，
她斜倚在床上，
安静地读一本书。

而我一直在厨房忙碌，
幽蓝的炉火上，咕嘟作响的铁锅里
散发出饭菜的浓香。
一只斑鸠的啼鸣，突然在银杏树上响起，
让我停下手里的活儿，
侧耳聆听，直到声音远去。
此刻，没有什么干扰内心的安宁，
想起远方的亲人和朋友，
在哈气迷蒙的玻璃窗上
我一笔一画地写下
对他们与自己的祝福：
新春快乐！

2018 年 2 月 16 日，正月初一草稿
2018 年 2 月 17 日，正月初二修改

这是一幅多么朴素又让人心满意足的生活画面啊。房屋整洁、粮食充足、衣物洁净干爽，没有生活压力干扰，厨房里散发饭菜的浓香，人间的烟火正旺。好一处桃花源。唯一与外界

联系的就是那只斑鸠了，它让人想起远方，对于远方，我们并不想想得太远，这样的时光太难得了，我们珍惜这宝贵的瞬间的封闭的幸福。对于远方，或者明天，并不想耗费更多的忧思。唯有衷心地祝愿：新春快乐。这样的祝愿也是朴素的，朴素而认真的。

Happy New Year

Filling the pot with salt and the bucket with fresh water.

Wiping the dust off the utensils

And giving them original luster

Narcissus seemed to understand human customs

And chose to bloom on this day.

Those blooming Jade plates and marigold cups

A Little cup was enough to get people drunk

More than enough, there were fourteen cups of fragrance altogether

On the warm balcony

My wife put away the clothes, smoothed and folded them

Then put them in the cupboard one by one

My daughter didn't have to worry about her homework for the time being

She reclined on the bed

Reading a book quietly

I've been busy in the kitchen,

On the blue fire, the boiling iron pot

Gave out a strong smell of food

A turtledove burst out singing on the ginkgo tree

I stopped to listen

Until it disappeared

Now, nothing interfered with the peace of mind

I thought of my relatives and friends afar

On the misty glass window

I wrote down the blessing

To them and to myself

Happy New Year!

寂静

最好的寂静

是在孤单的鹰翅下的

阴影里

最美的寂静

是古玉从内向外

发出的润泽之光

最深的寂静

是微风拂过瓷瓶

我听见了

空腹中悠幽之鸣

最喜欢的寂静

是你用整个身体

握住我根须的刹那，哦——

这向泉源挺进的冒险。

> 2016. 08. 12 草稿
> 2018. 05. 13 修订

王维有诗"蝉噪林愈静,鸟鸣山更幽"。李寒的这首诗就是这样,在辩证中将寂静一步步延伸、扩展。他将禅意与生活融合在一起,最好的最美的寂静在光影的交替中闪现,而最深的最喜欢的寂静,总是在深入与触碰中实现。两小节,有静中取静,也有动中取静。无论哪一种,都给人一种空灵之感。

Silence

The best silence

Is In the shadow

Under the wings of a lonely eagle

The most beautiful silence

Is the moist light

An ancient jade gives out from the inside

The deepest silence

Is the breeze blowing through the porcelain

On its empty stomach

I hear the sound from distance

My favorite silence

Is your holding my roots with your body, oh——

It's a venture to the spring.

暴风雨之夜

乌云，死神驾驭的愤怒马群。
狂风，无处不在而又不可捉摸的谎言。
骤雨，拼命抽打土地的鞭子。
树木，披头散发而又忘乎所以的巫师。
冰雹，噼啪作响的咒语。
一群蒙面的家伙，破门而入，
令人猝不及防。
粗暴地拍打着门窗，野蛮地掀动窗帘，
哗啦啦翻乱了桌上的手稿。
我认出了这些人的面目——
克格勃先生，文字检查官老爷，
闪电，是你们挥动的白手套，
在书页间查找反动的罪证。
是你们，篡改了普希金的词句，
是你们，删除了曼德里施塔姆的诗行。
是你们，让诗人的妻儿，母亲
惊恐地缩在角落，瞳孔放大，
看着亲人被带走，从此下落不明。
你们湮灭在了历史的尘埃，
但是，你们没有想到，
恰恰是你们
一次次把荆棘与玫瑰编织的
荣耀桂冠
戴在诗人的头上。

2018.05.12-13 草稿

　　风雨交加夜，人间难寐时。尤其是暴风雨之夜，它肆无忌惮地冲刷、抽打、翻卷，咒骂，黑夜与闪电、雷声，构成最触目惊心的画面。它以完全的"自我意志"在人间为所欲为。它在寻找人间的"铁证"，并对之"一击致命"，它也在寻找人间的缝隙、沟壑，用来供养所需的绿植，以此证明它的力量。

On a Stormy Night

Dark clouds, the angry horses driven by death

Strong winds, the ubiquitous and unpredictable lies

Rains, whips desperately whipping the land

Trees, the carried away shamans with hair disheveled

Hail, the crackling spell

A bunch of masked guys broke in

Unexpectedly

They slapped the doors and windows roughly, lifted the curtains savagely

Scrambled the manuscript on the desk

I recognized the faces of these people——

Mr. KGB, inspector of letters

Lightning, the white glove you waved

You Looked between the pages for evidence of reactionary

It was you who tampered with Pushkin's words

It was you who deleted Mandelstam's lines

It was you who made the poet's wife, children and mother

In horror, they shrinking in the corner with their pupils dilated

They watched their love being taken away to nowhere

You were destined to be buried in the dust of history

But out of your expectation

It was you

Who put the Laurel of glory

Woven by the thorn and the rose

On the poet's head

Again and again

寂静

1

寂静是玉石托在手掌间，

有着欲化的清凉，

和小小的担心，有些多余。

2

寂静是一个人坐在午后，

喧嚣远去，

静看细雨，慢读诗书的奢华。

3

"寂静也是一种暴力。"※

一种美的暴力。

它把书页中的诗行

一字字地楔入眼睛，融入血液。

4

六月的伤口在慢慢弥合，疼痛

也在缓缓消失。
寂静是一把羽毛的熨斗，丝绸的熨斗，
抚过曾经褶皱的心。

5
寂静在夏日借雨水之舌
说出无法言说的美好，
而雨水，让树木的绿意
达到极致。我看到绿色的火焰
在细雨微风中招摇。

6
寂静是小小的胎儿，在母腹中
吸吮手指，吞吐着羊水。
这是又一个我，
从时空的大海中分身，复活——
哦，这等待诞生的焦灼与欣喜。

※注：此为诗人西川《南疆笔记》诗句

2018.06.10 草稿

这是诗人的第二组《寂静》，如果说第一组寂静带着禅意，那么这一组则充满了人间的光芒。共同点在于这些寂静，依然存在于有声之处。依然是动静相映的结果。在这一组中，第一首，有晨露滴落的静；第二首有一种悬浮于人海的静；第三首是无我的深思之静；第四首，是一种抽离岁月的静；第五首，是生命不息的力量之静；第六首是一种等待中的静。这些"寂静"组合在

一起，从手掌间到母腹中，从清凉到温暖，何尝不是人生的一股
股清流？

Silence

1

Silence is the jade in your palm

With the coolness of desire

And a little worry which is not needed

2

Silence is such a luxury

A person is sitting in the afternoon

Watching the drizzle quietly, reading poetry slowly.

With noises far away

3

"Silence is also a kind of violence. " *

A beautiful violence

It wedges the lines in the page

Into eyes and blood

4

The wound of June is slowly healing, pain

Is disappearing

Silence is an iron of feathers, an iron of silk

Caressing the once folded heart

5

Silence is summer's unspeakable glory
Conveyed by the tongue of rains
The rain makes the trees extremely green
The green flames
Swaggering in the drizzle and breeze

6

Silence is a little fetus in the womb
Sucking fingers, soaking amniotic fluid
It is another me
Separated from the sea of time and space, to be resurrected——
Oh, the anxiety and joy of waiting for birth

一生所爱，不过如此……

一生所爱，不过如此。
夜雨后的晴晨。
干净的阳光穿透松针。
高大的树木梢头，浓密的枝叶间，
漏下的一两声鸟鸣。

一生所爱，不过如此。
石缝间钻出的小草，开花，或者绿着。
峭壁上的松柏，挺立，或者斜着。
在一张纸上写下几个字。
一本好的书，打开，又合上，

字里行间都暗含着一个人的命。

一生所爱，不过如此。
暮归的牛马，拉着重载，却腿脚轻快。
倚着门框守望的母亲，
欢叫着扑进怀里撒娇的儿女，
可口的饭菜两三盘，小酒喝到微醺。

一生所爱，不过如此。
在林间、湖畔、小路上，一个人散步。
和妻子在家吃饭，与知己雪夜聊天。
看鸟飞出牢笼，鱼冲破罗网。
听说一个恶人，哈，得到了应得的报应。

2018.08.20 晨记

一个人一生所爱，无非悦耳、悦目、悦心。而悦心者，无非己有所好而能好，人有所念而能念，事有所想而能想。综合起来，温暖与舒展二词。天下那么大，也许爱得越具体，幸福点就会越明确吧。

So Much for the Love of Life

So much for the love of life
A sunny morning after the rain
The clean sunlight penetrated the pine needles
In the tall trees, in the dense branches and leaves
There were one or two birdsongs leaking

So much for the love of life

The grasses from the stone green or bloom

The pines and cypresses on the cliff standing upright or slanting

A few words being written on a piece of paper

A good book, open or closed

Is a person's life among the lines

So much for the love of life

The cattle and horses returning at dusk

With heavy loads but light feet

A mother waiting at the gate

The lovely and lively children running to her

Two or three plates of delicious food and a little wine.

So much for the love of life

a person walking in the woods, the lake, the path

Eating at home with his wife and chatting with his friends on a
snowy night

Watching the birds fly out of the cage and the fish break through
the net

Knowing of a villain, ha, gets what he deserved

处暑·田野手记

我是第一个来到的人,
这没什么值得骄傲。
这里早有了主人——

庄稼，野草，麻雀，燕子，
隐藏在枝叶间短吟低唱的小虫，
小径上拉起丝网的蜘蛛，
叶子上晶莹欲滴的露水。
是的，作为人，
我第一个来到这里，不来这么早，
我就无法知道
一位在天空行走的喜鹊，
它绅士的气度多么优雅，从容。

作为人，没什么了不起的。
我要向被我的脚步惊起的
金黄的豹纹蝶致歉，
也要向被我不小心挂断的蛛丝，
碰碎的露水，请求原谅。
我不敢惊扰它们——
每一杯绽开的花蕾里
都盛满了甜蜜，至少都有一只小蜂，
在其中忙碌，啜饮。

没有人，万物的秩序多么美！
阴云向东方的天际退去，
像降落的大幕，后面的太阳
为它镶上一道金边，
头顶上敞开蓝色的穹隆。
飒飒的爽风从远方吹来，
暑热消退，绿色的田野模仿湖水荡漾。

而当太阳升起，万物被瞬间照亮。
背对阳光，
我的身影投射到了大地上，
我看见，千万年前的先民
也是这样，在明亮的晨光中看到自己。
他们在岩石上第一次
刻画出了人的形象。
作为一个人，千万年来，
我的身上还流淌着他们的血液，
是的，我清楚地看到了他们，
在印度河，尼罗河，黄河，巴比伦，密西西比河，
一代代劳作和生息，
多少年过去了，而我的身上
还流动着他们的血脉，
这本身便是奇迹！

2018.08.23 草稿

其实，无论从哪个角度而言，人，都不能也不应该俯瞰众生，更不能以地球主人的身份自居。把自己重新放回万物，就像把一粒沙重新放回河床，万物和谐，天人合一。当然我们也不能妄自菲薄，任何一个物种，都有区别于其他物种的优势，也有其自身的短处。人自从有了主观意识以后，总是会不自觉地产生优越感，总是想着统领万物，所以我更愿意称之为"欲望"。欲望是无穷大的，也会因之产生攻击性。而一般动物呢？在满足温饱以后，基本会丧失攻击性，随遇而安起来。眼观现实，我们因为自身的欲望对地球以及上面的其他生物何其残忍。残忍至极之

时，便会遭到反扑。哪怕是小小的甚至肉眼不可见的细菌。希望
我们都能如此，回归自然，不是掠夺和侵略，也不是一厢情愿地
开发，而是尊重万物，尊重规律。永远记得，一个物种的蜜糖可
能是毁掉另一个甚至另一些物种的毒药。而这毒药迟早也会殃及
自身，只是时间早晚的问题。

The End of Heat

——Notes in the Fields

I was the first person to come

It was nothing to be proud of

The masters have been there already——

Crops, weeds, sparrows, swallows

The singing insects hidden in the branches and leaves

Spiders pulling up their webs on the path

Dews on the leaves

Yes, as a human being

I was the first to come, Were it not so early

I would not know

The magpie walking in the sky

And how elegant and ease it was as a gentleman

As a person, it was nothing to be proud of

I wanted to say sorry to those who were startled by my steps

The Golden Leopard butterflies

And the spider webs that I accidentally hanged up

Even the broken dews

I dared not disturb them——

Every cup of blooming bud

Was full of honey, at least there was a bee

Busy in it, sipping

Without human beings, how beautiful the order of all things was

The clouds receded to the East

Like the big screen, the sun behind

Set it with a golden border

There was a blue dome overhead.

The wind blew from afar

As the summer heat subsided, green fields rippled like lakes

And when the sun rises, everything was lit up at once

Standing against the sun

I casted my shadow on the earth

I saw the ancestors of thousands of years ago

Just like me, they found themselves in the bright morning light

They depicted the image of people

On the rock for the first time

As one of their descendants thousands of years later

Their blood was still flowing in my vein

Yes, I saw them clearly

In the Indus, the Nile, the Yellow River, Babylon, the Mississippi

Generations of people have worked and lived there

So many years have passed, and I still have

Their blood flowing

It is, of course, a miracle

列车穿过华北平原

太快了，转眼就是秋天。
列车的腹部贴着绿飞行。
车窗闪动，眼睛吞咽下大团的绿——
九月沉静的绿，蓬勃而疲惫的绿。
白杨，垂柳，火炬树，玉米地，电线杆，
向后飞掠，而我的肉体
在钢铁的囚笼内铿锵向前。

午后的阳光，照彻远处鲜亮的屋宇，
也打在列车两侧汹涌的树冠上。
田野深处，一台机械呕吐着绿色的碎沫。
一台机械倾倒出金黄的颗粒。
光之流。光之泡沫。光之舌。光之手掌。
大地上的事物，
被一一冲刷，洗涤，亲吻，抚慰。

太快了，永恒也不过是飞掠的一瞬。
列车穿过大平原，飞越人类参差的屋顶，
从黄昏喧闹的市镇上空飞过。
哪里升起一缕青烟。哪的枯木枝头
擎起一座被遗弃的鹊巢。
午后向黄昏奔驰，生向死奔驰。
大平原固守宁静暴力之美，
令我紧握隐秘的词根，不敢声张。

在玉米秸倒下的地方，我看到

逝者的居所裸露出来——

大地肌肤上，一粒粒肿胀的小粉刺。

> 2018.09.16 于 K5218 上速记

列车穿过华北平原，一个人穿过一道道时间的窄门。万物之上，光影浮动。一切都是时间。一切都在飞逝，世界有一种单程之美。这首诗通过不断变换的角度和维度，呈现出一种不可驾驭的前行之力与华北平原的宁静暴力之美的交融。同时，作者又以俯瞰加平视的角度，将生死做了别样的诠释。"永恒也不过是飞掠的一瞬"，在时间的尽头，一切都太渺小了。甚至将生之尽头的坟墓比喻为" 大地肌肤上，一粒粒肿胀的小粉刺"。也许有点残忍，但是，新陈代谢，枯荣更迭，却是正常不过的道理。

The Train Passing through the Plain of North China

How time flies. It was autumn soon

The belly of the train gliding on the green

The windows flashing and eyes swallowing the green——

In September the quiet green, the vigorous and tired green

White poplar, drooping willows, torch trees, corn fields, telegraph poles

Were flying backward while my body

Clanged forward in the cage of steel

The sunlight of afternoon flooded into the houses in the distance

It also hit the rough canopy on both sides of the rail way

Deep in the field, a machine was vomiting the green foam

Another one was tipping out the golden particles

The flowing of light. The bubble of light. The tongue of light. The palm of light

Things on the earth

Were flooded, washed, kissed and comforted

It was so fast, eternity is just a fleeting moment

A train of people running across the Great Plains, flying over the roofs of human beings

Even the noisy town at dusk

Somewhere a wisp of smoke rising. Somewhere the dead branches holding high

An abandoned nest

From afternoon to dusk, life to death

The Great Plains clang to the beauty of tranquility and violence

It made me hold on the secret root of a word

Where the corn stalk fell

The homes of the dead were exposed——

On the skin of the earth

They were small puffy pimples

预感

太阳沉落。远处的山脉

拱起黝黑的脊背——

巨大的鲸群，搁浅于海滩之上。

大火在它们背后更远的地方

燃烧。而风暴的漩涡，死神的电锯，

掠过虚无之海
就要席卷人类的居所。

陡峭的黄昏，轰然坍塌下来，
从一个隐形的
巨大缺口，泄洪般向黑暗流失。
没有什么可以阻挡。

不安的黑暗。窒息，紧张。
那被命名为乌有的庞然大物
即将湿漉漉地浮出水面，
咻咻喘息着，
塞满人类的梦境。

2018.09.16 草稿

2018.09.17 夜修改

该诗至少有三个空间，第一个空间是现实的，作者眼里的日落西山，暮色降临；第二个空间是将眼前景致抽象出来的即作者想象的另一个对应的意象空间；第三个空间，是建立在意象之上的情感与意识的空间。这种繁复的空间交叉写作，使得诗歌的语言、结构更具有张力。

Hunch

The sun set. Mountains in the distance
Arched his dark back——
The strand of huge whale colony on the beach
The fire was burning far behind them

And the whirlpool of the storm, the chainsaw of death
Across the sea of nothingness
Was going to sweep the human habitation

The steep dusk collapsed suddenly
It spilled into the dark
From an invisible huge gap
Nothing could stop it

The unsettled darkness. Suffocation, tension
The behemoth called nothingness
Coming to the surface wet
Wheezing
Filled with human dreams.

一些事物在寂静中生长……

一些事物在寂静中生长，一些事物
在沉默中消亡。
繁花隐入密叶的深处，在秋天的花园里，
我竟然辨识不出
哪是桃杏，哪是梅李。

九月乘金黄的马车达达而来，
她运载着沉甸甸的果实，和巨大的安宁。
蓝天的穹隆下，爽风翻越山脉，
为我们带来北方的消息。

而我，在这个季节变回孩童，
怯怯地走出家门，打量眼前陌生的世界。
我知道，时光会再次催促我，
去做些该做的事情。

2018.09.14 晨偶记

季节的更替往往会让人产生日月如梭之感，产生有限与无限的碰撞，甚至于贫瘠与丰饶的对比。如果仅限于此，触景却没有生情，人与自然就无法实现关照。诗意，说白了，还是人的诗意。所以，在这首诗里，所谓"有些事物在寂静中生长"，既是指自然之物，也指人在打量万物之后，蒙受自然的启发，而暗下决心做出改变。

Something Grows in Silence

Something grows in silence, something
Dies in silence.
The flowers hide deep in the dense leaves in the autumn garden
I cannot tell
The peach from the apricot or the plum

September comes in golden carriage
With all kinds of fruits and great peace
Under the dome of the blue sky, the wind blows over
the mountains
Bringing us news from the north

And I, in this season, become a child again
Timidly going out of the house, looking around the strange world
I know time will push me to do something that should be done
Again and again

秋分·短歌

云雀飞入天空，果实敲响大地。
金色的风声麇集在枝头，
每片叶子都有了醉酒后的
眩晕与酡红。

还有多少时日可供挥霍？
玉兰结出红豆，银杏挂满白果，
七叶树捧出娑罗子。
早已铺满松针的睡床，
接住了松塔的坠落。

万物吐出内核：该凋谢的凋谢，
该裸露的裸露，该结果的结果。
那些耸向云端的高树，准备迎接风寒，
根须抓紧石头，扎入更深的泥土。

第四十八个秋天，生命的秋天
迈着轻快而稳健的脚步
向我走来。她为我带来什么，
我都会坦然接受——

石头，气球，落叶，果实，荆棘，桂冠。

2018.09.22 草稿

　　这首诗在语言上最突出的特点是动词的运用。从季节之秋到人生之秋，无不让人感到一种飒爽与稳健，丰盈与力量。然而更多的，却是淡定与坦荡。所见即所想，这一点在这首诗里展现得尤其明显。前三节都是在描写自然的秋色、秋音、秋形。秋天到了，世界水落石出，种瓜得瓜种豆得豆。而"我"在四十八年所种下的，也将迎来它的果实。无论是什么，无论什么样子，那都是"我"的，所以，"她为我带来什么，/我都会坦然接受——/石头，气球，落叶，果实，荆棘，桂冠。"

The Autumn Equinox
——A Short Song

The skylark flies into the sky and the fruit strikes the earth
The golden winds gather in the branches
Every leaf has a hangover
Dizziness and flushing.

How much time is left to spend
Magnolia bears red beans, ginkgolide is laden with fruits
The seven-leaf tree holds out the whirlpool
The pine towers fall on the bed
Covered with pine needles

All things spit out the core: some are withering
Some are bare and some are fruiting

The tall trees that rise to the clouds are ready for the cold

The roots hold on to the stone and plunge deeper into the earth

My 48th autumn, the autumn of life

With light and steady steps

Come to me. Whatever she brings

I will accept——

Stones, balloons, fallen leaves, fruits, thorns and laurels

北风吹

北风吹过来，从楼群的峡谷

呼啸而至。它吹散了流云，吹落了

疲惫的树叶，吹掉了

成熟的果实。

它吹过银杏，桦树，白杨，竹林，

它们都模仿着雨声，哗哗哗的喧响。

它吹过松柏，树枝摇曳，

传来大海般的涨潮声。

它吹过石头，吹过青铜或铸铁的雕像，

它们都漠然不动。

当风吹过我，我的肉身多么沉重，

它没有发出任何声音。

可是，有什么侵入了我的体内，

生命中的某些东西，

被它悄然带走——

我感到了骨头隐隐作痛。

2018.09.29 晨草稿

北风是寒冷的象征，在北方的秋、冬季，大有摧枯拉朽之力。它能吹动一些事物，同时对另外一些事物又无能为力。它吹落一个世界，又创造一个世界。对于那些铁石之身，北风也没有办法，但对于肉身，对于那些生活在尘世里的肉身来说，表面上看，也没有吹走什么，但是我们却真的能感受到来自外界的凉意，这里的"凉意"可以有多层解释。也许，只有那些没有生命的将自己定位为永恒的事物，才不会为秋风所困吧。

The North Wind Blows

The north wind blows from the canyon of the buildings

Roaring. It disperses the clouds and blows off

The tired leaves, the ripe fruits

It blows through the ginkgo, the birch, the poplar and the bamboo

They all imitate the sound of rain, rustling

It blows through the pines and cypresses, the branches swaying

With the sound of the rising tide as if coming from the sea.

It blows over stone, bronze or iron statues

Though they are immovably firm

When the wind blows to me, how heavy my body is

It didn't make any sound

But what's in my body

Something in life

Are quietly taken away——

For I felt a dull pain with my bones

晨风冲荡着杨树林……

晨风冲荡着杨树林，新叶的喧哗
模仿着大海的波浪。
初夏细碎的阳光，刺透激动不安的
叶子，照临地上的花草。
那些冲着虚空舒展拳脚的老人，那些
以背撞树的老人，那些以清水
在石板上书写诗句的老人，
我无法知道
他们是否已经
与世界达成了和解？
而我行走在林间，从容地
走过他们身边，叶子的喧哗充满耳廓，
面对尘世，我还有那么多的不甘。

　　该诗将安静与喧哗、从容与紧迫、虚空与现实、存在与消失
甚至于短暂与永恒等等共至同一画面。所谓"晨风冲荡"，也许
就是一个人内心在外物或者环境的刺激下的思考。花开不同季，
人在不同的阶段自然会有不同的欲望与诉求。我们说一个人安贫
乐道，应该是他做出的一种选择，而不是不得不的自我安慰。所
以，大千世界，熙熙攘攘，尊重与包容才是和谐之道。

Morning Breeze Washes the Poplar Forest

Morning breeze washes the poplar forest
Making the young leaves roar
Imitating storms on the sea

The mottled sunshine of early summer penetrates swaying leaves

And scatters on the grasses

I am wondering whether these old men

In the forest have reconciled themselves to the world

The one throwing punches to the sky

The one hitting the tree with his back

The one drawing poems with a wet brush on the flagstone

Wandering among them I was peaceful

While the ring of the leaves lingers in my ears

And reminds me of the mortal life：

There are so many times I do not want to give up

第三节　北野诗歌点译

映山红

映山红开了的时候

正有人埋上山岗，风声的漩涡里

洒满了甜蜜的落英

比起流水越过的岩石，多少光

开始变得神秘

我知道春天如此短促，像闪电

夺命的一瞬

在这个万物明媚的时刻

我知道自己的痛苦来自何处

人群，花朵，迈入天空的白云和小兽
它们都将在此找回自己的归宿

而今天的盛开和衰落
对于我都是谜团，在我的身体之中
它们都成了明亮的伤痕

漫山遍野的映山红，如同一场
生命的激流，我一个人总想在大山的
阴影里，向着它痛哭
无声哽咽和撕心裂肺
像一个失败的英雄或孤独的野兽

　　因为有了死亡，生存才显得更有意义。我们以相同的方式出
生，却以不同的方式死亡。一个人离开了，也就失去了对这个世
界的发言权，所谓"盖棺定论"。那些藏了一生的秘密和委屈也
将成为永远的谜团，从此再无人问津。一年一年，只有映山红将
安魂曲一遍一遍吟唱，将甜蜜的落英覆满亡灵的伤口。终有一
天，当历史的风声呼啸而过，当水落而石出，人们听见拜祭者号
啕大哭。积攒的多年的细碎的呜咽终于得以宣泄，可那一天何时
到来？生命短暂如闪电，生命尖利如闪电，生命孤独如闪电，我
不知道自己是否能等到，也不知道会有多少人记得。只会说：历
史浩浩汤汤，公道自在人心。在这首诗里，失败的英雄是我，孤
独的野兽是我。这一世，有人替我死去，有人替我活着。

Azalea

A man disappeared in the mountains
Covered with blooming Azaleas

Like sweet fallen petals filling in the vortex of wind

Compared with the rocks washed by the streams
There are more beams
Dancing with fantasy
Spring is written on the water, it is a flash
Like the lightning strike

To the sunny moment
The reason of my suffering is revealed
The crowds, the flowers, the little beasts
Even the clouds in the sky
They can all find their destination here

For me, the blooming and withering
Are mysteries, as for my body
They are the brightest scars

Azaleas are spread over the mountains
Like the rapids of life
In the shade, I desperately
Want to wail, or weep with a broken heart
Like a failed hero or a lonely beast

灰鹤

一只灰鹤，在天空里飞

想想那浩荡无垠的远方和暮色
我突然想流泪

灰鹤的旅途无望而沉寂
它偶尔鸣叫一声
山顶的星光就闪亮一回

灰鹤，灰鹤，我的舌头底下
压着你的歌；而你的风声
却扎进了我的双肋

我什么也无法说出，整整一夜
整整一个思想的黑夜
我都在跟着你飞

这一首诗，人与灰鹤合一，意象转换自如。目之所及皆是心之所想。很多时候，一个人面对生活的重压能保持优雅和斗志，而当面对一只像自己一样疲惫、迷茫却依然坚持飞翔的灰鹤时，却忍不住落下泪来，因为他以局外人的身份看到了自己的另一面。当哲学的三个终极命题再次在耳畔回响，突然心虚起来。它们叩问着，变成了另一个声音：我在做什么？为什么要这样做？我要去哪里？迷途之上，同行者寥寥。此时你会知道，悲壮与绝望，一线之隔。

A Grey Crane

A grey crane was flying in the sky
Thinking of the vast distance and the dusk
I suddenly wanted to cry

The grey crane's journey was hopeless in silence

Once it cried

The stars on the top of the mountain would flash with it

Grey crane, grey crane, under my tongue

Lay your song, but your wind

Stayed in my ribs

I couldn't say anything, all night

In the whole night of thought

I was flying with you

一匹马

你光着脊背向北飞，北方

多空旷啊，那个无人的世界

堆满了白骨和眼泪

我的白骨要堆在那里

我的眼泪也要流向那里

空空的马背啊

我的心已如颤抖的碎絮

看着你自己在那里飞

我忍不住要流泪，我荒凉的

奔马啊，在你的脊背上

是月亮银色的烙印

只有草原是无声的
它深如死亡的白日，它的死
多远啊，像命运遥遥无期
像秋天掀不开的死灰

而现在，我一个人
要回到哪里去呢，这空旷的
大地，没有人踩着我的霜迹归来
也没有人安慰我无声的泪水

这一首诗与《灰鹤》有异曲同工之妙，不同之处是《灰鹤》整个色调孤独、沉重、压抑、愤懑，而这首则充满了英雄主义色彩——自由、空旷、荒凉。无形中，会让人产生一种"飘飘何所似，天地一沙鸥"的共鸣。但是这里的"奔马"意象更能带给人一种力量，也更强化了英雄的悲情形象。

A Horse

You're flying to the North without rains or saddles, North
How spacious, a world
Full of bones and tears

My bones are going to be piled up there
My tears will flow there
Nothing on the horseback
And my heart is like the shivering broken cotton

Watch you fly there alone

I can´t help crying, my desolate

Galloping horse, on your back

Is the silver mark of the moon

Only the grassland is silent

It is as deep as the day of death, its death

How far away, like fate in the future

Like the ashes that cannot be stirred in autumn

And now, I'm alone

Where should I return, on this empty

Earth, there's no one who follows my frosty tracks

Or comforts my silent tears

丝绸里的妖术

谈到物质的丝绸

窗外虬枝就抖成一团

谈到片刻的欢娱，巨大的纱灯

就露出一张笑脸

而谈到精神的丝绸

我总感觉自己是赤身裸体的

或者折叠，或者崩断

哪怕是短暂的欢娱
也有羞耻的裂缝

好像总有一个女子
在它的波纹里说——
"爱可以被命运拿走
但它，必须要被黑暗偿还！"

假如世界是一匹巨大的丝绸，我们会不会是它上面最难熨平的褶皱？在这首诗里，作者以丝绸为对象，在精神的向度里一再延伸。尘世的欢愉一定就是可耻的吗？对精神纯度与高度的追求是否就一定意味着要远离尘嚣，是否意味着一个人要拒绝阳光、色彩和声音，并独自坠入黑暗的深渊？这是作者的疑惑，也是读者的疑惑。人文的极致是与人群打成一片，与世界握手言和，还是各自守着孤独，老死不相往来？丝绸柔软的波纹里，隐藏的是巫术还是求生术？

Witchcraft in Silk

Talking about material silk
Outside the window, the twigs begin shaking

Talking about a moment of fun, The huge screen lamp
Presents its smiling face

When it comes to spiritual silk
I always feel naked

To be folded, or broken

Even for momentary pleasure

There are also many cracks of shame

It seems that there is always a woman

In its ripple——

"Love can be taken away by fate

But it must be paid back by darkness"

燕山祈祷书

在燕山北坡，我搭了一个灶台

神呵，听你的话，我煮饭喂给父母

在燕山南坡，我搭了一个灶台

神呵，听你的话，我煮饭喂养儿女

在燕山西坡，我搭了一个灶台

神呵，听你的话，我煮饭喂饱身体里的沼泽

燕山的神呵，求求你，等我们活过一万年

再让你的海水从东面漫过来

这是来自尘世的祈祷，透着踏踏实实的尘世烟火气。与此同时，一个中年男人的负荷也真真切切地展现在了读者面前，虽然那样的负荷周身带着爱与暖的光芒。爱即负担。在这首诗里读者需要注意作者提到的四个不同的方向。如果神必须以海水来淹没尘世，希望它能从东面漫过来。如果爱必须有一个时限，希望是我们都活过了一万年。此生，活在一起，死在一起。在大自然的

面前，在一个庞大的社会环境下，爱，就是默默付出并彼此紧紧
抱在一起。

Prayer Book of Yanshan

On the northern slope of Yanshan, I built a stove
God, I follow you. I cook for my parents

On the southern slope of Yanshan, I built a stove
God, I follow you, I cook for my children

On the western slope of Yanshan, I built a stove
God, I follow you, I cook for the swamp in my body

God of Yanshan, please, Don't flood from the east
Until we die ten thousand years later

牧马青山上

我的青骢马，在低头吃草
它宽阔的脊背载过我的爱人和仇敌
我的仇敌死于肉搏
我的爱人，她死于伤心欲绝的深夜

我的青骢马，它一个人空着脊背回来
在大青山下吃草，沉默
偶尔长嘶，都是乱云急坠时刻

我的青骢马，它驯顺的鬃毛

像流泻的月色

它身上的刀疤，是星辰的碎屑

今天，它默默地跟着我

在大青山的阴影里饮水、吃草

身子里藏着一群马奔跑的魂魄

眼睛里含着整个草地的湖水

我的孤零零的青骢马呵

你带着我一个人，在夜幕下穿行

要到哪里去呢

你要找的星空，已在天边变得弯曲

你要找的人

已在草原深处的毡房里投生

你要找到的牧鞭呵

它正长进我单薄的双肋

青骢马的一生就是"我"的一生，每一个人的体内都有一匹青骢马，几经人世的悲欢离合，那些爱的、恨的纷至沓来，又绝尘而去。一个人，从鲜衣怒马到云淡风轻，从声泪俱下到不惊不喜，这中间要蹚过多少条河，爬过多少座山。我们对着人群拱手告别，转过身才发现，自己无处可去。曾经的理想早已面目全非，曾经念念不忘的人，已曾经沧海，唯有初心，如疼痛，在暗夜里滋生、拔节。

Grazing in the Green Mountains

My horse, the Black Mane, is eating grass
Once on his broad back were my love and my enemies
My enemies died in a hand to hand battle
My love, she died in a heartbreaking night

My Black Mane came with an empty back
Eating grass at the foot of the Green Mountain, silent
Occasionally there was a long hiss when chaotic clouds suddenly
fall down

My black horse, its tamed mane
Is like the flowing moonlight
The scars on its body are the sparks of stars

Today, it follows me silently
Drinking water and eating grass in the shadow of the Green Mountain
There are thousands of horses running in the body
All the lake of the prairie are in its eyes

My lonely horse
You take me alone, walking through the night
Where are we going

The starry sky you are looking for has become curved on the horizon
The person you´re looking for

Has been reborn in the yurt deep in the grassland
The whip you are looking for
Is growing into my thin ribs

造一座梅园

给你造一座梅园
花朵正含苞待放，月亮带着
初春的颜色
小桥，流水，曲径，回廊
像失传的记忆
它一出现，就像
盛开的梅花一样明亮

夜莺在树枝上欢跳
这个爱情的小野兽，它被月色
所鼓舞，不断雕刻自己
在变形中长大
用鸣叫代替一封相思的长信

树荫里，我要慢慢建起
一个草堂
这过程需要慢，像永恒的时光
反复苦草，年年修补
如同一场没有头绪的劳役
永远都有做不完的活计

它的西厢
抚琴的梅娘风华正茂
恰好处于青春时代
而草堂中央，书生大梦初醒
一副志得意满的慵懒模样

你偶尔临水照面
花朵也能看出前世的忧伤
整洁，孤立，拖着黑色的长裙
你是世界上最有希望的人
而另一个人
正在远处为此黯然神伤

梯子要立在墙角
随时让你上下，落叶的
手帕和信笺
有红纹理，白纹理
仿佛含着多少条水墨的山脊
就像这世界，弥漫又苍茫
就像这盛夏的繁花
汁液里含着多少悲伤的光
就像这爱情的抚琴
它轻轻地缠上了梅园的
荒径和白墙

　　造一座梅园，安放前世的欢梦。有虚构的梅娘和书生，有生机勃勃的爱情和跃跃欲试的理想。唯恐这些还不够，作者又安排了夜莺来关照爱情。在英国作家王尔德笔下，夜莺是一种为爱情牺牲了自己的小鸟，同时，因为坚信爱情的存在，在冬日里，用生命换取了一朵红色的玫瑰。只可惜玫瑰最终被故事里年轻的学生随手扔到了泥坑里。而诗歌里的"另一个人"为之黯然神伤的，也恰是害怕被轻视和被辜负。然而，很多事，往往是害怕如所料却正如所料地发生。在这首诗里，通过传统的中国才子佳人的爱情故事，也表达了这样一种悲观的爱情哲学——既渴望得到又害怕被伤害。而这，何尝又不是我们很多人的纠结呢？

A Plum Garden

I want to build a plum garden for you
Flowers are in buds, the moon has a color
Of early spring
Bridges, waters, winding paths, corridors
Like long lost memory
When it comes out, it will be
As bright as plums in full bloom

The Nightingale dances on the branch
This little beast of love, inspired by moonlight
Constantly carves itself and in transformation
It grows up and uses songs to
Express its desperate love

In the shade of trees, I will spend a long time
To build a little cottage
I will build it carefully and slowly, as if life is endless
I need to cover it with the grass repeatedly and repair it every year

As work without ending

There are so many things to be done

In its West Wing

In her bloom of youth, Lady Plum

Is playing the Qin

In the cottage, the scholar is awakening

With a contented look

Occasionally you look into the water

Your sadness of previous life is revealed to the flowers

Pure, isolated, with a long black dress

You are the most hopeful person in the world

And the other one, in distance

Is suffering so much from the scene

There should be a ladder standing in the corner

You can go up and down at any time, The fallen leaves

Handkerchief and letter

With the texture of red and white

Are like the ridges with much ink

Like this world, vacant and boundless

Like the summer flowers

There is so much sad light in the juice

Like the melody of love

Gently entangles the deserted path and white wall of

Plum garden

安福寺

我去拜访一座古庙，云深，崖陡
小路上有野兽的痕迹
山外，九朵莲花正徐徐盛开
菩萨一个人在山中捣药

吱呀一声，庙门轻启
小师傅月亮一样的脸庞升上来
而尘世的身子却矮下去
像天空下一个没长大的婴孩

菩萨，请递给我一只手
让我爬过那个湿漉漉的门槛
如果赐我一粒丹药则更好，让我
昏厥、失忆，把猛虎的一生记起来

这只不可一世的猛虎呵
驮着经书上山，抱着宝塔飞过深涧
为了悔悟，它咽下了那些咆哮
安静地卧在你脚下

读罢很容易让人想起英国诗人西格里夫·萨松代表作《于我，过去，现在以及未来》的经典诗句 "In me the tiger sniffs the rose"。诗人余光中将其翻译为：心有猛虎，细嗅蔷薇。意思是，老虎也会有细嗅蔷薇的时候，忙碌而远大的雄心也会被温柔和美丽折服，安然感受美好，讲的是人性中阳刚与阴柔的两面。在这首诗里，通过描写"小师傅月亮一样的脸庞升上来/而尘世的身子却矮下去/像天空下一个没长大的婴孩"，来表达一介凡夫如何在拜谒安福寺的过程中逐渐脱去俗世的风尘，让心灵得以一次次净化和升华，同时也表达了自己的向佛之心，希望得到菩萨点化，抛去虚妄和执念，重新做回一朵冰清玉洁的莲花。当然，在这首诗里，莲花也代表一种智慧的境界，即所谓"开悟"。佛教认为，人间烦恼多于恒河沙数，迷失自我如同陈淤积垢。有志者应该努力修行，净化自我，不受污染，超凡脱俗，追求到达清净无碍的境界。

Anfu Temple

I went to visit an ancient temple.

The clouds were deep and the cliffs were steep

With traces of wild animals left on the path

Outside the mountain, nine lotus flowers were slowly blooming

Bodhisattva was pounding medicine in the mountain alone

Creak, the door of the temple opened

A little monk's face appeared like the moon

But the worldly figure became lower and lower

Like a newborn baby on the earth

Bodhisattva, Let me take your hand

And climb over the wet threshold

If only you could give me a magic pellet

Make me faint and forget all

And then remember all the tiger's life story

This fierce and proud tiger
Once having gone to the mountain with the Scriptures
And carrying the pagoda flying over the deep stream
In order to repent, it swallowed its roars
Lying quietly under your feet

散西厢

人都忙于生活
没有什么能代替鬼魂

曲水沁凉，环佩一直未离开树荫
仿佛前世，又在暗中加深

花朵的光变幻不定，陪着你
出现、消失。书生的白袍，利用这些
影子，解开了一个个替身

老桥变形，摇摇欲坠
而此时，腐朽的力量意味着什么
迎面出现的人
必须依靠幻觉才能生存

提着红灯笼走在檐头上的人
把深夜里的反复跌落
当成了救起某人体内熄灭的星辰

而我差不多已经做了岔路上的隐士

无声的荒岗上，白着一张

枯萎的脸，身如碎絮

散乱得像风中的一个纸人

读一本书就是换个角色经历一种人生。比如《西厢记》，比
如我们曾深爱的任何一个故事。故事里的事，念着、念着就入了
骨髓，故事里的人，爱着、爱着就决定了日后的悲喜。夜深人
静，总有人会把情节一次次推倒重来，那时候，故事是真的，而
"我"则成了虚构的背景。

Dispersed Romance of the Western Chamber

People were busy living

Nothing could replace ghosts

The water was fresh and cool, the sound of Jewelries was still in
the shade

As if the previous incarnation, deepened in the darkness

The light of the flowers was changeable, It followed you

Appeared or disappeared

With these shadows

The Scholar's white robe set substitutes free

The ancient bridge was deformed and shaky

And now what did the power of decay mean

The people came over

They had to rely on illusion to survive

The People walking on eaves with red lanterns
Regard the falling over and over again in the deep night
As the stars set the ash alight in someone's body

I was almost a hermit on a fork in the road
On the silent barren hill, with a white and
Withered face, my body was like the broken wadding
like a paper man, scattered in the wind

老榆树

它身体里有琴声，有斧凿声
有笔墨涂改过的乐谱翻动的声音
昨日雕栏，倚靠过的美人
今天突然像碎纸一样失去了踪影
我在半夜起来，一点一点雕它
想让它像神仙一样对弈、长饮
与时光角力，或腐烂成一堆白骨
我还想让它像鬼魂一样长寿，永不老去
谁有冤屈，都含在它的嘴里
我也想让它像我一样
陷入人世的迷宫，一天天煎熬
苦药和想象，也盖不住时间的皱纹
最后就算我把自己彻底烧毁了
它也仍然抱着光和风声的阴影

苏轼在《琴诗》中写道:"若言琴上有琴声,放在匣中何不鸣?若言声在指头上,何不于君指上听"?那琴声究竟在哪里呢?与其说榆树身体里有琴声和斧凿声,不如说那些声音来自我们的内心深处。这首诗主要部分表面是写我想把榆木雕刻成自己想要的样子,无论是像神仙、像鬼魂还是像我,最终的指向却是一种见证。一棵树,以年轮的形状无声地记录着岁月的幽深与绵长、世态的无常与正常。俗话说:头上三尺有神明,实际上,不能人言的万物,何尝不是神明?

Old Elm

There is melody and sound of chiseling in its body

As well as the sound of turning the music score

Corrected by ink and brush

The beauty once leaned on the handrail yesterday

Suddenly disappeared like a piece of paper

I get up in the dead night and begin to carve it little by little

I want it to play chess and drink like immortals

To Wrestle with time, or to rot into a pile of bones

I also want it to live like a ghost and never grow old

Grievances of the world are all held in its mouth

I want it to be a person as me

Stepping into the labyrinth of the world, suffering day and night

Even the bitter medicine and imagination

Can not defeat the wrinkles of time

In the end, after burning myself

I still harbor the shadow of light and wind

在人间

田野干裂的沟壑间
稀疏的麦苗，像蓝色的香烛
它代替我心中的山水，向你祈求

在古老的轮回里，我有时候
是流浪者；有时候是铁匠或农夫
在这些事件中，我面目诡谲

星月低垂的旷野，黝黑的泥土
富庶得流油，但它辽阔的寂静和
不安，却无边无际

稻草人在秋天脱去了衣服
放在云上。稻草人踏上的脸
红彤彤，像感激丰年降临的鬼魂

母亲在其中早死，家园躲进了
梦中。妈妈，我的惊恐谁能安抚？
像我心惊肉跳的出生

按着人群的指引，僧侣都找到了
经卷，众神找到了庙宇
而我找到的家门，却深如陷阱

北方的候鸟隐藏在山巅

这个世界有多少恶毒，都不能

动摇它时光中飞舞的眼神

现在，一道河流波纹骤起

秋天沿着风声找到我的面孔

落叶里它正解开捆绑我的双手

人间多少事，凭这朝夕涂改

就把一个生活的狂徒

彻底变成了平心静气的蝼蚁

《在人间》这首诗共有九小节。从人世艰难、谋生、孤独、
人性复杂、失去来路、去路渺茫、生存本能到最终顺从，亦步亦
趋。这是一个人的生存史，更是成长史。从呱呱坠地到撒手人
寰，我们从不断摄取到不断失去，从叛逆挣扎的少年到平心静气
的暮年，这其中有多少事是不得已，不得不？又有多少事，坚持
了半生，却在某个瞬间突然放弃？很多的事，往往看透了，看破
了，也就无所谓了，毕竟要活下去。

On Earth

Like burning blue incense

Sparse wheat between the dry ravines of the field

Taking place of the landscape in my heart

Prayed to you

In the ancient samsara, I

was a tramp, a blacksmith or a farmer

No matter who I was, I had a quirky face

The stars and moon drooped their lights on the fields

The black soil was as valuable as oil

But its vast silence and uneasiness

Were boundless

The scarecrow removed its clothes in autumn

Put it on the clouds. The face it stepped on was

Red, like a ghost grateful for the coming of the harvest

My mother died early

My home only existed in dreams

Mom, who can calm my panic

As thrilling in my birth

With the guidance of the crowds, the monks found their scripture

Buddhas found their temple

But the home I found was so deep

As a bottomless trap

Migratory birds in the North hid themselves in the mountains

No matter how much malice there was on the world

They would stick on their dreams

Nothing could distract their flying eyes in time

Now, the river rippled

Following the wind, Autumn found my face

And untied my hands in the fallen leaves

How many things in the world
With their instantaneous change
Had turned the arrogant one
Completely into an obedient ant

北国

白露为霜。草莽里剪径的贼人
用书生的语气说
"人间凶恶，金盆抽象。洗了几遍手
纸上的譬喻，仍然养不活妈妈。"

我躲在落叶里，不敢接他的话茬
我想在曲终人散之后
一个人在空戏台上演一场戏
演一个人退场之后，带着他的
鬼魂观众，用长长的拖腔向着空中哭

"我有幸做了蝴蝶
又做了回声里的牛羊，它们都是兄弟
它们都是粉身碎骨的新娘
而我——要如何才能回到那个
住满幽灵的村庄。"

霜花翻飞。旷野生凉

我的北方啊，落幕的人间星月摇荡

莎士比亚创作的"四大喜剧"之一的《皆大欢喜》中有这样的句子：All the world's a stage, and all the men and women merely players; They have their exits and their entrances; And one man in his time plays many parts. 翻译过来就是：世界是一个舞台，所有的男男女女不过是一些演员，他们都有下场的时候，也都有上场的时候。一个人一生扮演着好几个角色。在这首诗里，书生落草为寇，并多次想金盆洗手，想用先贤哲学养活家人，可是，梦想如纸薄，最后还是重操旧业，做起了强盗。如果说文明无立足之地，而强盗盛行，那么，人文环境之糟糕可见一斑。一个人对现实世界失望太深，就会渴望一个虚幻之境，从而实现一种精神上的互补与平衡。而这首诗里的虚幻之境，就是人们死后的世界。因为不可知而显得神秘重重。中国古典文学中很大一部分都对人死后的世界进行过大胆的想象和构建。这首诗里，作者构想出自己在舞台上演出，演一个死后投生为蝴蝶，继而又为牛羊，最后无法回归幽灵之乡的故事。归无来路，死无去路，人在乱世，最大的恐惧，莫过于此。

My Kingdom of the North

White Dew turns into frost. Robberies in the grass
Said in a scholar's voice
"The world is vicious, and the golden basin is abstract
I have washed my hands for several times
The moral lectures on the paper can't raise a mother. "

I hid in the fallen leaves and dare not answer him
I wanted to perform on the stage

When all the audiences left

I would play a man on the empty stage

Followed by his ghost audience, he cried to the air

With a long drawl

"I was lucky to be a butterfly and then the cow and the sheep

in echoes

They are all brothers

They are all broken brides

And I – how can I get back to that

Village full of ghosts. "

Frost is flying. Cool is in wilderness

My north, in the curtained fallen world

Falling on it are the light of stars and moon

围场

皇帝殪虎。臣仆在填词作赋

旧句子里的新意义，就是在围场

构筑一所陷阱

皇帝在雪地上画了一个迷宫

包含指鹿为马

包含狐狸的美，一闪而过的风

——天空给他造出的世界

有云朵虚幻的琴声

皇帝没有画出的地方

是江山流水。是神秘的远处

我凝神谛听

林涛在大地的边缘翻滚

浑浊，奔驰，像一个复活的马队

被寄存在时间之中

我一个人在草原上赶路

一匹马在云中狂奔。我们是兄弟

我们 "仍归天空所有"

这首诗里提到的围场，可以理解为承德皇家猎苑——木兰围场。"木兰围场" 又是清代皇帝举行 "木兰秋狝" 之所。"木兰秋狝" 是一种军事色彩浓厚的狩猎活动。木兰是满语 "哨鹿" 之意。何为哨鹿？打猎时八旗兵头戴雄鹿鹿角，在树林里学公鹿啼叫，引诱母鹿，是一种诱杀的打猎方法。因此，围场即庙堂的别院，是庙堂之上各种角色弄权之术的竞技场。但是，他们真的能遮天蔽日吗？真的是 "普天之下莫非王土，率土之滨莫非王臣吗"？

In the Paddock

The emperor hunted a tiger, his servants composing lyrics
In the paddock
Building a trap was the new meaning derived from old sayings

On the snow the emperor pictured a maze
With fox's beauty and flash of wind
In it someone called a deer a horse

——A world the sky made for him

Filled with clouds and illusory music

Places the emperor did not picture

lied rivers and mountains. It was the mysterious distance

I listened attentively

Waves of trees are surging on the edge of the earth

Like a resurrected horse team galloping

Deposited in the depth of time

I was travelling on the grassland alone

A horse galloping through the clouds. We were brothers.

We all "belong to the sky."

还乡之路

黄金铺地。玉米还家

浪子从天边回来，眼里含着泪花

母亲在北方忙碌，终于熬到这一日

她的脸，像露水洗白的月亮

一季庄稼费时太长

村里的人，已经换了几茬

伺候泥土的手艺，仿佛家传

大地颤抖，仓廪倾斜。所有的脊背

都弯成了弓。田野延绵不绝

只有它永恒不变

但北方的欢乐是无穷的
牛车拉着我，把回家的路走成了
梦乡。秋天创造了北方的泪水
秋天也创造了山峰的画卷和岩浆

在这块土地上，有些人
是从天而落的，他们完成了收获
白云又把他们接回天上

有些人始终来自地下
他们白天劳作，夜里心痛喊娘
突然没了声息，就是一个人
悄悄回了黄土下的家乡

现在，秋天又给我造了一个新家
它长风浩荡，遍地金黄
茅屋低小，窗几明媚
乌拉岱河一遍遍洗着它的脚丫
亲人们都住在河流两岸
人间一片繁忙

而我泪水涟涟，像个失去母亲的孩子
大地呵，给我再造一个墓穴吧
让我死而复生，让我装下
这颗四分五裂的流浪的心脏

《孟子·梁惠王上》有言："老吾老，以及人之老；幼吾幼，以及人之幼。"在这首诗里，除了表达游子还乡，母子团聚之外，

更大程度上则呈现了庄稼人的生活。对于他们来说，命运的枷锁
无法去除，一生被牢牢束缚在了土地上。一生辛劳也一生贫穷；
另一方面，得自然眷顾，他们活得干净简单，卑微而高贵。苏轼
在《定风波·南海归赠王定国侍人寓娘》中写道：此心安处是吾
乡。也许，只有经历了万种漂泊之苦的游子才更能体会家的意
义吧。

Returning Home

The roads covered with golden leaves carried back the corn
So the wanderer from distance
Tears were in the eyes
My mother was busy in the North, preparing for today's reunion
Her face was like the white moon washed by dew day and night

A season for crops was such a long time that
Some people in the village could not wait
The craft of serving the earth runs in the blood
The earth trembling and the barn tilted, all the backs
Have bent into bows. The field was boundless
The only one would never change

But the joy of the north was endless
The ox cart took me and made my way home a dreamland
Autumn created tears of the North
And a picture of the mountains and magma

On this land, there were some people

Who descended from the sky

Having finished the harvest

They would be brought back by white clouds

Some people came from underground

They worked during the day and wept at night

When there was no sound, it was a person who

Quietly went back to his hometown in the dust

Now, autumn has made me a new home

With vest and strong wind, golden paved roads

And a little cottage bright and clean

The Uladai River washed its feet over and over again

All my relatives lived on both sides

And they were busy with their work

But I am in tears, like a child who lost his mother

Oh, my Earth, please give me another grave

Let me come back from the dead, and put

My wandering and broken heart back

第四节 见君诗歌点译

红高粱

青石安详,夏季跪地而亡。

开过花后,诸事一一结籽,

在天空整理衣裳

短暂的河流，黑色的河流。

在秋风吹落我们的草帽前，

仍旧砍下头颅。

我们收割高粱。

火红的，无边的高粱，

长在干净的泥土上。

秋天是一个什么样的季节呢？古人讲"秋后算账""秋后问斩"。说到人生也会说"人生一世，草木一秋"，说到思念，便是"一日不见，如隔三秋"。可见，秋天这个意象对于人们思维的影响是远大于其他三个季节的。夏花之后，便是草木结籽的秋天了，仿佛一个轮回的开始。秋风吹后，雨水渐少，水落而石出，孔子说"逝者如斯夫"。我们收割庄稼，谁又在秋后收割我们？

Red Sorghum

The bluestones are serene

Summer kneeled down and died

After blooming, all begin to set seeds

Having dressed up in the sky

The black short- lived river

Before the autumn wind blows off our straw

hat

Will chop off our heads, still

We reap the red sorghum

The flaming and vast red sorghum

Growing from the clean soil

声音的衍生

声音，
声音，
声音——
那些声音，互相纠缠着，追逐着。

孤单的风，
从被声音淹没的——
两个孤高而瘦弱的词汇中间穿过。
词汇，
便彻底厌烦了它自己本身。

被那些声音扰得心烦意乱的
梦游者，
他们走进一片森林，
他们用梦的钓钩，
把自己，
分别挂在，每一棵树上。

在这首诗里，"声音"一词共出现了六次。尤其第一节反复出现，更显世界之嘈杂无序。第二节，风，其实也是一种声音，是一种特立独行的声音，但是经过人群之后，也染上了鼓噪的气息。第三节，梦境何尝不是另一种嘈杂呢？英语中有 I have a voice，声音一词转喻为态度、观点。这喋喋不休的争论、倾诉，谁是倾听者呢？

The Derivation of Sound

Sound

Sound

Sound——

Those sounds entangled, chasing each other

The lonely wind

After passing through the two isolated and slight words drowned by
sounds

He became thoroughly tired of himself.

Having distracted by the sounds

Those sleepwalkers,

Went into a forest,

They hanged themselves on the tree

With the hooks of dream

黑暗中的事物

黑暗里，

所有的盲人，

都在用石块垒积他们的信仰——

那个房屋，

没有门，

没有窗，

屋顶，由星光

拼接而成。

月亮是残疾的，
这个伟大的怀疑者，
它用内心的虚弱，
照着坚硬的黑，
照着无奈的白。

找不到源头的大河，
在蓄谋暴动。
水咒骂着水，
水推搡着水，
水击打着水——
所有的呼吸，
都被泡沫之箭射中。
——死亡，
把自己说出来。

一个低沉的声音，
被火烧痛了。
它把自己，
从大地深处，抢夺了回来。

夜幕，
在静静地看书。
它把自己看进浓重的黑暗里，
又用它看到的真理，

掀起黑暗的一角，
把它翻转过来。

夜空中，
四处游走的理想，
鬓角都插着自己的梦之花。
七彩的梦之花，
它们笑出的声音——
落在大地上的灰白。

这首诗描绘出了黑暗中的各种事物。盲人由于适应黑暗而在黑暗中不断加固自己的认知，黑暗也是他们的信仰；月亮时圆时缺，却一直醒着，仿佛在怀疑一切，探寻一切；在人间仿佛被按下了睡眠键的时候，一切都看似静止的时候，只有河水依然流淌或者澎湃，仿佛有雄兵百万正在日夜操练蓄势待发。这无数水珠在彼此撞击中被一一戳破；而夜幕则像一个冷眼的看客，看着人间的风吹草动，一次次用黑暗考验、证明自己的推演；不眠的人，在黑夜里行走，自由如星辰，醒来，仿佛一夜白头。

In the Dark

In the dark
All the blind people
Are building their faith with stones——
That house
Without door
Without window
Or roof
Is spliced by starlight

The moon is disabled
This great doubter
Uses its inner weakness
To shine the stiff black
And the helpless white

The big long-lost river
Is planning a riot
Water curses water
Water pushes water
Water hits water——
All the breathing
They were shot by arrows of foam
——Death
Speaks itself out

A low voice
Lighted by itself is burning
It gets itself back
From the depth of the earth

The curtain of night
Is reading quietly
It finds itself in the darkness
And with the truth it finds
It throws back a corner of darkness
And turns it over

In the sky of night

The ideal wandering around

With flowers of dreams on their head

Those colorful dream flowers

The sounds of their laughter——

Are the gray on the earth

生下

一块石头怀孕了，
它把自己放置于世界之顶。

天上的明亮破烂不堪，
垃圾般的白云，
暮气沉沉的风。
那些高高在上的掠夺者，
瞪着太阳灰暗的眼睛。

一座山生下另一座山，
今天生下永远，
死尸生下灵魂后，
无法说出它自己的疼。

想起了宇宙大爆炸；想起了坐在飞机上俯瞰的景象；想起了空间与时间的无涯；想起在这空无涯际的世界里，个体的渺小；想起生生不息的繁衍传承；想起人群里的尔虞我诈，想起人生尽头的一抔黄土；想起喧嚣和寂静。亲爱的你，掩卷之余，会想起什么呢?

Birth

A stone is pregnant
It puts itself on top of the world

The brightness of the sky is in tatters
Those ragged white clouds
Those gloomy evening winds
Those high up predators
Are staring at the gray eyes of the sun

One mountain gives birth to another
Today gives birth to forever
When a dead body gives birth to a soul
It can't tell the pain

多出来

一个安详的死者,
在芦苇深处,
拨快了世界上
所有的钟表。

我在猜度,
属于自己的多余的
光阴里,

是否会长出青藤，

结出新鲜的水果。

摆放在桌面上的

已经干瘪的争吵声，

在想着无边的水。

窗外的夜色，

在梳理着自己的头发，

并时不时发出，

咯咯的笑声。

题目为《多出来》，是什么多出来了呢？目睹一次死亡，一个人也就相当于死而复生一次。那接下来的岁月是不是相当于多出来的？我们该如何度过？假如看破一切，是拥有超脱的自由飘逸，还是溺水的窒息感？还是需要一场雨水来拯救激情？追问意义，本身就是一件很无聊的事，最终你会发现，存在即意义。所以，投入到窗外的夜色里，简单、清爽，甚至肤浅地过完这多出来的日子吧，当然，这只是一厢情愿的想法。

The Extra

A quiet dead man

Deep in the reeds

Dialed fast all the clocks

In the world

I'm guessing

Whether my rest time

Will grow ivy
With fresh fruit

On the table
The shriveled quarrel
Is thinking about the boundless water

The night outside the window
Is combing its hair
Giggling from time to time

无解
——写给燕赵七子

一棵长弯了，弯向
世界之外的树，
我们在挖它的根。

冰天雪地里，
面无表情的人，
在用内心的火喂食雪花，
饥饿的雪花，
——这漫长黑夜里的
疯狂的情人。

那些反向书写的文字，
焦灼等待着

重新排序。

它们意义重大，

它们每一个都有自己的嘴。

入睡之前，

必须弄疼

伺机而动的困惑——

孤独的众多脚印的

前行、折返、迂回。

燕赵文化一直以"慷慨悲歌"闻名于世。作为燕赵众生，身上似乎也有区别于其他地域的性格特征。比如隐忍、悲情、执着、烈性、沉稳。"燕赵七子"这个称谓的提出，或者如此称呼一个诗人群体，很容易让人想到"建安七子"。对于七位来自河北不同地区的七位现代诗人来说，这样的称谓，首先是一种认可，但同时更是一种鞭策和压力。七子多数六七十年代生人，他们也深知这样的称谓背后所带来的质疑和期待。所以，在这首诗里，作为七子之一的作者，也对大家提出了这样的希望：引领、付出、存敬畏心、时时思考。

The Unsolvable

——To The Sevens' of Yanzhao

We are digging a tree's root

It grows awry to the other trees

Outside the world

In the ice and snow

A man with a dull face

Is feeding snowflakes with his inner fire

Those hungry snowflakes

—The crazy lover

In the long night

Those reversely written words

Are anxiously waiting for the rearrangement

They are important

Each of them has its own voice

Before you go to sleep

You have to make those waiting confusions pain

——

Those forward going, back turning and detouring of

Many lonely footprints

出殡

这毫无顾忌的死，

这坚定不移的死，

这被死亡激活，

并在所有人面前表演的

激情澎湃的死，

它随时都带着

自己家门的钥匙。

秘密，

在冷风中露出洁白的牙齿，
井然有序地坚守阵地。
无限兴奋的哭声，
排着队，
嗅闻新土的气息。
枯树的枝丫，
向天空高举着
纸钱的眼神——
放弃呼吸。

我们落叶离枝般地，
投靠自己的黑暗。
我们多余的疼痛，
在加速我们的孤独——
迅速坠地。

一个人用死亡激活了死亡，在葬礼上成了主角，热热闹闹地既存在又消失的主角。一个人从此失去了这个世界，也完完全全拥有了这个世界。他的一生所承载的秘密被永远地盖棺了。有时候，参加一次葬礼就是看着另一个人替自己死去一次。我们看着他独自穿越人群、哭声、火焰、黑暗，总会忍不住落下泪来，为他，也为自己。

A Funeral

The uninhibited death
The unshakable death
The energetic death
Which was activated by death

Performing in front of everyone

It always carried the key

To their own house

The secret

Showed its white teeth in the cold wind

And held its ground orderly

The cry with infinite excitement

Lined up

Smelling the new soil

Branches of the dead trees

Like the eyes

Holding high paper money to the sky——

Had given up breathing

Like defoliating

We took refuge to our own darkness

Our extra pain

Accelerating our loneliness——

Fell to the ground quickly

金黄色

金黄色,
敲响自己。
那声音,没有名字,
它打开自己的身体,

藏进水里。

金黄色，
欲望爆裂。
那些四处逃难的疼痛，
在火被点燃的瞬间，
钻进隐忍的光里。

金黄色，
金黄色，
微笑着的冥想，
被锁进天空的咒语里。
镜子挣脱自己的边框，
从空中摔下来，
落进，
种满向日葵的地里。

　　这首诗从颜色入手，赋予由颜色产生的声音、形象上的遐想。由静止入手，赋予静止背后的运动。说起金黄色，那些相关的意象都有什么呢？钟声？黄金？镶金边的云？向日葵？高明的作者将这些意象串联起来，就是一个多层面、多棱角的宝盒。

The Golden

The golden

Knocked itself

The nameless voice

Opened its body

And hid in the water.

The golden

The exploded desire

Once lighted

The pain running around

Wormed its way

To the light of forbearance

The golden

The golden

The smiling meditation

Was locked in the curse of the sky

The mirror broke away from its frame

And fell onto

The field full of sunflowers

堕落者

一群堕落者,

他们剥光自己生活的皮。

他们把自己的疼,

丢进虚假的幻境里,

就像丢垃圾。

他们去自己沉沦的地方,

寻找洁净的爱情——

猫崽的叫声,

那么细腻。

他们高举着善良的火把，

在黑夜里，

在星光下，

寻找通向恶的秘密小路，

他们知道，

路的尽头，

埋伏着时间的利齿。

这些堕落者，

他们永远无法找回，

死亡时喉咙里吐出的

芬芳的气息。

他们只能在太阳升起后，

一遍遍地走进

万丈霞光里。

何为堕落？字典上一般给出的是关于道德层面的解释，道德的作用是什么？它与真善美之间的关系是什么？道德与人性之间的关系又是什么？俗话说，人之将死，其言也善，可是，如果这些"堕落者"离开，他们会留下什么？显然，俗世不会赞扬他们，但是他们又真切地大刀阔斧地活过。关于真伪善恶美丑的鉴定，也许，只有时间才有发言权。

The Degenerates

A group of degenerates

Flayed their own lives

They threw their pain

Into the illusion of falsehood

Like littering

They went to the places where they´ve fallen

Looking for clean love——

The cry of kittens

Was so delicate

They held up the torch of kindness

In the dark night

In the starlight

Looking for the secret path to evil

They knew

At the end of the road

The teeth of time lay in ambush

These degenerates

They would never get back the fragrance

Which would come out of the throat when they died

They could do nothing but

Walk into the sunshine

After the sunrise

Again and again

住进了医院

1

住进了医院，

我的身体长满了玻璃，
透过它，
能看见彩色的骨头，
凝固的血和
正在唱歌的心脏。

微笑着去死吧，
微笑着，
近在咫尺的死——
医院门口，开满白花的树，
泪水涟涟。

2
住进了医院，
黑头发、白头发和花白头发，
它们聚在一起，
听手术刀，
讲它辛勤工作、任劳任怨的故事。

雪白的床单，
在污血的记忆里，
白得，更加耀眼。

3
我住进了医院，
扛着枪的骨头，
站在病房门口，

警惕着，一滴滴液体进入我的身体。

哦，大夫的眼，

无处不在的眼神，

透过镜片射出的光线——

瘦骨嶙峋。

医院大概是离死亡最近的地方，也是离重生最近的地方。医院是天堂，是地狱，更是纷乱嘈杂的人间世态。这首诗，作者没有从宏观入手，而是从个人体验开始，把"个体"放在群体的镜头下去观察。病人在医院，多像透明人，没有隐私，在X光下，在医生的镜片后、口罩后，一切都清晰可见。生与死只有一步之遥，而人来人往中，顿感是多么重要，遗忘是多么容易。一个人，又是多么渺小。生命，在医院里，重如泰山，也轻如鸿毛。

In Hospital

1

I was in hospital

My body was covered with glasses

Through it

I could see the colored bones

The coagulated blood and

Singing heart

Smile to die

Smile at

The nearest death——

In front of the hospital, trees were in blossom with white flowers

And tears

2

I was in hospital

Black hair, white hair and gray hair

They got together

Listening to the scalpel

Telling the story of its hard work

Snow white sheets

In the memory of dirty blood

Became so white, so dazzling

3

I was in hospital

The bones carrying guns

Were standing at the door of the ward

Alert

Drop by drop, the liquid flowing into my body

Oh, doctor's eye

Eyes everywhere

The lights through their lens——

Became as emaciated as a fowl

秋·最后的神秘

恐慌于
时间停下来的寂寞。
太阳，
把自己锁在一间铁屋子里，
光，
在外面哭着。

那一段红色的文字，
挂在西天。
众多残缺的笔，
在云端，
凌乱地摆放着。

秋末的风，
这忧郁的问候，
用眼泪，
仔细体验了每一个文字的
意味。

飘摇在空中的，
被烧焦了的
声音的气味——
呐喊。
这年老的，
已经说完话的嘴唇，
紧绷着、干裂着。

秋天是一个水落石出的季节，种瓜得瓜，种豆得豆，似乎一切秘密都没有了藏身之地。万物开始萧条，落秧的落秧，收割的收割，关于生命的种种隐喻开始揭晓答案。天高云淡，大地仿佛被无形中抬高数寸，被收割的残缺的人间，声嘶力竭地保护着最后的神秘感。

Autumn, The Last Mystery

The sun, for the panic from the loneliness

When time stops

Locks itself in an iron room

Lights crying outside

The red words

Hanging in the West

Many broken pens were displayed

In the clouds disorderly

The wind at the end of autumn

The melancholy greeting

With tears

Carefully experience the meaning of every word

Floating in the air

The smell of the scorched

Sound——

Is yelling

The old lips

Having finished speaking

Were tight and dry

时间之死

钟表，
开始冷落
它自己的滴答声。

一根根白骨，
便脱掉陈旧的衣裳，
衣裳的叹息，
一声低似一声。

那些旧的，
被削去了皮的微笑，
咳嗽着，
溺死在水中。

冷漠的火，
冰凉的火，
把射伤往事的箭簇，
烧得通红。

来，一二三，
我们开始一起哭，
对着挂在墙上的照片，

照片上，

无数个黑洞洞的枪口，

在瞄准众生。

什么是"时间之死"？生命与时间的关系是什么呢？一个人
的生命停止了，那么作为时间的一束光也就熄灭了。所以，在某
种意义上说，时间是一个相对的概念，同时，也具有一定的个体
性。我们每一个人，就像一座座钟表，一直在走，一直围绕某个
点，画着圆。这是谁都无法逃脱的命运。

The Death of Time

Clocks started to ignore

Its own ticking

White bones took off their old clothes

The sigh of the clothes

Became lower and lower

Those old and peeled smiles

When coughing

Drowned in the water

The cold fire

The freezing fire

Burned red

The arrows hurting the past

Come on, one——two——three——

Let's cry together

Facing the pictures on the wall

And in the picture

Countless black holes in the muzzle

Are aiming at all living beings

这是夜

这是夜,

眼睛的夜。

瞳仁里的黑,

在咯咯地笑着。

那束光

失手打碎了它的灯盏。

光的手,

伸出到笑声之外,

去探视生命中,

每一个想哭的时刻。

这是夜,

年久失修,破败不堪,垂垂老矣的

夜。

在微弱的,

闪烁不定的光的

主持下,

在这个夜里，

笑声和哭声，

握手言和。

这里有两对意象需要注意一下：夜——光；哭声——笑声。夜色是掩盖也是屏蔽，是保护也是揭露。当一个人将自己置身于黑夜之中，无异于裸露于尘世。白天里所有的伪装都被卸下，唯有脆弱与真实。那时的我们，多么不堪一击啊。光是夜的双生子，虽然不如夜色庞大辽阔，却像是一个个触手，伸向每一个角落。照在无助的身影上，就像一个人在哭泣，突然遇见有人，赶紧擦干眼泪，尴尬地笑笑。而我们，谁不是在这样的环境里，让黑白共容，哭笑交加？

It Was Night

It was night

The night of the eyes

Black in the pupil

Was giggling.

The light broke its lamp

By mistake

The hand of light

Reached out beyond the laughter

To visit every moment

When you wanted to cry

It was night

The ramshackle, dilapidated and decrepit
Night
With the help of the faint and flickering light
On this night
Laughter and crying
Shook hands and made peace

死生之谜

点一把火，
那张纸，
烧光了写在它上面的
咒语。

冬天。
时光大好。
对着阳光微笑着的
风，
正在慢慢地，
向我们记忆的空白处，
吹去。
那里，
聚集了无数的枯木，
它们的叶子死了，
它们来
收尸。

烧完咒语后，

那张纸，

看着自己身上的伤疤，

暗自叹息。

时光开始倒流，

无数条小路，

在欢呼，

它们伸出手掌，

鼓出

尖锐刺耳的掌声。

这个冬天。

这个世界。

只剩下，

挂着拐杖的谜底，

站在谜面的

家门口

独自，老去。

　　在生死迷局，我们是谜面，也是谜底。终其一生，都在为某物所困，或物质、或情感。更多人，则是受困于自己。欲望本身并没有错，错在"度"。谁又能跳脱出来，得永恒的自由？也许，只有死亡。当一个人垂垂暮年，回望来路，仿佛每一天都是向死而生。时间无法倒流，当你懂得了"生"，却发现，余生不长了。

The Mystery of Life and Death

Set up a fire

That piece of paper will

Burn up all the spells written on it

Winter
A sunny day
The wind smiling at the sunshine
Was slowly blowing
To the blanks of our memory
Where countless dead trees gathered
Their leaves died
The winds came to
Collect them

After burning the spell
That piece of paper
Looking at the scars on its body
Sighed to itself
Time went back
Countless paths were cheering
They put out their palms and applauded
So piercing

The winter
All left to the world was
The answer to the mystery
Standing at the door of the puzzle
Growing old, alone

第五节　李洁夫诗歌点译

突然想收起心好好去爱一个人

如果爱的细节是溪流
我愿意收集他们汇聚成河
我经历过的人生所有分支
在心的海洋汇集：爱情海里
唯有你我的汹涌、波涛以及
全部的希冀和美好！

你看
他们此刻安静如初！

　　这首的亮点在题目与文本的紧密结合。题目里有"收起心"，文本里有"收集爱的细节"。爱的真谛是什么？或者归宿是什么——安静如初。如果你去爱一个人，就像诗里所写：唯有你我的汹涌、波涛以及/全部的希冀和美好！爱一个人，这个人就是你的全世界。这首诗里所提到的爱一个人，并不是像其他诗歌那样，将主体设定为"你"，而是"你我"和"我们"。所以，真正的爱情，向来都是双赢或多赢，作者在这里没有让"我"消失，这是非常值得称道的。

Suddenly I Want to Love You with All My Heart

If the details of love are streams
I'm willing to gather them and make them a river
All the branches of my life

Gathering in the sea of the heart

In the sea of love

There is only our surging, waves and

All our hopes and glory

Look

They are as quiet as ever now

尘埃落定

亲爱的你问我最近好么

我说很好

你再问有什么改变

我说没有

你特别问了一句：电话也没变吧

是的。没变

看来我们都把自己连同过去

像影子一样抛进了生活

或者说

时光的阴霾里我们已看不到自己的影子

现在的一切都尘埃落定了

没有特殊情况

电话不会变

地址不会变

爱人不会变

甚至经年的坏脾气坏习惯

也不计划不打算再改变了

如果一切都不变了，是不是说明已经屈服于生活？已经认命并甘愿在这一潭死水里沉溺？不变了，也就是不打算为难自己，或者取悦周遭。这种层面上的"不变"是否也是一种变化与抗争？对于"尘埃落定"，我们或许还可以理解为一种接受并安于某种状态——不争、不辩，不惑，泰然、淡然、安然。这样的结局，有时候是出于无奈，有时候是出于看破。至于哪种原因，读者自会有自己的答案。

Everything Settled

My dear, you asked if I was fine

I said Yes

As for the changes

I said No

You asked specially whether the phone number has changed

I said No

It seemed that we all had threw ourselves together with the past, like shadows

Into life

Or in another word

We could not see our own shadows any longer in the haze of time

Now everything was settled

Unless something unexpected happened
The phone would not change
The address would not change
Love would not change
Even years of bad temper and bad habits
I would not plan to change them either

我跟着一枚树叶在街道上奔跑

我跟着一枚树叶在街道上奔跑
树叶走向风,而我从风开始

我正暗自庆幸自己没有随着风儿飘摇
这时,一股强劲的旋流自远处呼啸而来

我瞬间惊诧于成千上万片飞舞的叶子
打着旋,潮水般漫无目的地疾驶

我明明看到了这就是生活中
我成千上万个奔波的亲人和朋友
而我,就是他们之中的一个

此刻的我像极了其中的任意一片
漫无目的的叶子
在一阵又一阵的疾风中
挣扎。徘徊。盲目。癫狂
最后,被另一片叶子

轻轻覆盖

风是源头也是终点。在这首诗里，风的意象是双重的，相对于叶子，是不可违抗的力量；相对于人，是外部的社会和内部的欲望。然而，落叶的归宿何尝不是人的归宿？漂泊、盲目、挣扎、顺从，一代接一代，最后消失于泥土之中。

Running Down the Street Like a Leaf

I ran down the street with a leaf
The leaf was brought away and I stood against it

I was secretly pleased for being not influenced by the wind
Suddenly, a strong whirlwind came from the distance

I was surprised by thousands of flying leaves
Whirling, like the tide, aimless

Clearly it is the same with
My thousands of relatives and friends on the run
And I'm one of them

At the moment, like any of them
I am an aimless leaf
In the gusts of wind
Struggling, lingering, blind, insane
Finally, covered by another leaf
Lightly

美好

时常想起那年我们一起用过的牙膏、牙刷
蓝色的膏体里荼洁的味道。

深秋的火车呼啸让季节有一丝恍惚
秋天、汽笛、牵手的车站和广场、滔滔的江水和邮轮
——他们都像记忆里挤了一半的牙膏。每每想起他们
我的目光就成了温柔的井。我承认，这么多年，我一直
固执地待在自己的井里，刻意深陷，不愿自拔

此刻，沸沸扬扬的杨絮飘满了石家庄的天空。
喧嚣的人流随着这座庞大城市胃部的蠕动
我突然发现自己这么多年居然从来没有赞美过
请原谅我的麻木和失语，我决定从今天起开始赞美
我承认我曾经的无奈和彷徨是美好的。犹如我人生的膏体
挤出来的那段清香
值得用全部的爱赞美和歌唱
未挤出来的
就让它在心里凝固

回忆是美好的，这首诗就是带着回忆的口吻写成的，实际上，过往并不一定都是美好的，但作者却写道：每每想起他们/我的目光就成了温柔的井。为什么会这样？这是人的一种自我救赎。人会在回忆当中，自动过滤掉那些痛苦的令人不堪的情节，而美好的事情经过时间的洗礼，会越发美好。这种美好有很大一部分是人为夸大的。但，正是这种被夸大的美好让人拥有了强大的原谅与宽容时间的能力。这是数亿年人类进化的结果，也是一

个人不断成长的结果。

Perfect

I often think of the toothpaste and toothbrush we used together

And the taste of tea in the blue paste

The train whistling in late autumn makes the season a little trance

Autumn, sirens, stations, surging rivers, cruise liner and squares

where we had held hands together

——Like half squeezed toothpaste in my memory

Thinking of them, my eyes would become a gentle well

I admit, over the years, I've been

Stubbornly stayed in my own well

Deliberately sinking, I was unwilling to free myself

For the time being, the boiling polar catkins are floating all over

the sky of Shijiazhuang.

The crowds of people are moving in the stomach of this huge city

I suddenly realized I had never praised anything for so many years

Please forgive my numbness and silence, I decided to praise from

now on

I admit that my helplessness and hesitation at that time were beau-

tiful

Like the paste of my life

The fragrance squeezed out

Is worth praising and singing high with all my love

Some cannot be squeezed out

I shall set it in my heart

记忆的静物

我家门前有一条河

水多时

水草茂盛

冬天来临

只能看到一洼一洼的积水

里面有小小的鱼仔

我用双手就打捞过

河的一边是密密的树林

不知名的虫子常年四季地叫着

河的另一岸有一个果园

我和小朋友经常去偷人家的果子

青青的

很甜

我的爹娘经常走到河边

父亲灌水给禾苗喷农药

母亲洗衣服偶或也捞猪草

昨天电话里我还告诉母亲

多年了

它们一直在我的记忆里

213

静静地长着

不说话

也不张扬

这首诗读起来没有什么难度，我们需要学习的是作者在这首诗中安静的叙事手法。题目是《记忆的静物》，需要注意两个因素，一个是"记忆中"，一个是"静物"。作者从这些静物出发引出了与之相关的若干情节。而所有的情节都是基于回忆的。它几乎成了故乡与母根文化的代表——安静、淡定，看似弱小、微茫，却有着巨大的吸引力。或许，有时候我们会忘记它的存在，但是一回头，它就等在记忆的尽头，像母亲槐树下挥别的手势一样，深深地定格在了我们的脑海。

Still Lives in the Memory

In front of my house there was a river

With plenty of water

Grasses on the bank was flourishing

When winter came

You could see the puddles

With a lot of little fish in it

I salvaged them with my hands

On one side of the river were dense woods

The unknown insects in it crying all the year round

There was an orchard on the other side

My buddies and I often stole the fruits

It was green

But sweet

My parents often went to the bank

My father fetched waters and irrigated the seedlings

Or sprayed them with pesticide

My mother washed clothes and collected grass for piggy

I told my mother on the phone yesterday

For many years

They had always been in my memory

They had been growing quietly

Silent

黑夜中的列车

如果你的目的是南,黑夜中的列车就是方向。在车内,关
上窗,

根本听不到风的呼啸但它分明是把远处的灯火一劈两半

黑夜中的列车,T9 次,北京西——重庆方向

像苍茫的大地上流动的一滴浓黑的血液 疲倦的乘客

睡姿各异。但我看到了窗外的每一处灯火都是亲人。

黑夜中,偶尔还会对向驶来一辆呼啸而过的列车,

它与我的心脏平行,它告诉我此刻时间与空间的流动。

二零零六年十月二日晚至十月三日,对于我是一次短暂的

旅行。我感到我的爱距离我越来越近心跳突然加快。我爱

我如果只庸俗地把黑夜中驶向你的列车比作丘比特射向你的

箭簇

那么,这支箭上的火药,是我整个身体爆发的全部能量

读这首诗的时候，我们需要注意到列车、我和箭簇的相似性以及火药和爱之间的关联。既是黑夜，自然很多事物是看不清的，仿佛我盲目的出行。爱本身就有一定的盲目性和破坏性，所以把相见比喻为火药与爆发再恰当不过。另外诗里出现的另一个意象——偶尔对向行驶来的列车，它们的出现，是为了提醒我自己要去哪里，做什么。它们会让我对自己的旅行更加坚定，坚定中也会多出几分清醒。还有一个意象——灯火。在"我"的眼里，它们既可以是远方的"你"，又可以是一个个因为爱的奔袭而不眠的"我"。

Trains in the Darkness

If your goal was the south, the train in the dark would show you the way.

In the car, with the window closed

You could not hear the wind, but obviously it was splitting the lights in the distance

Train in the darkness, T9, From Beijing West to Chongqing

Like a drop of black blood flowing on the vast earth, the tired passengers

Displayed different sleeping gesture

Every light I saw outside the window was amiable

In the darkness, occasionally we would meet a roaring train coming

It was parallel to my heart, it told me the flowing of time and space at the moment.

From the evening of October 2 to October 3, 2006, it was a short time for me

I felt my love was getting closer and closer, and my heart beat faster. My love

If I could vulgarly compare the train in the dark to Cupid's arrows

Well, the powder on this arrow was all the energy in my body

虚构

必须虚构一个梦。这个梦必须出现在我的梦里。

必须虚构一只鸟。一只飞翔的鸟。它被关在笼子里。

必须虚构一场酒。一些事件。自始至终的鸟被我攥在手心。

必须虚构一场爱情。它是美丽的,像鸟的羽毛。或者说

它是浪漫的,像鸟的飞翔。

必须虚构一场烟火。灿烂的烟火。许多人观望。许多人眼晕。

烟火盛开。然后绝望。最后是更深的沉默。

必须虚构一首诗歌。把这些场景记录下来。

点点滴滴。开始觉得像星星。每颗都闪光。然后感到是尘埃。

必须虚构一场雪。厚厚的雪。允许一切自由的灵魂飞舞。飘荡。

然后将一切轻轻覆盖。

是的,我虚构了好多。种种都和我有着一种诡秘的熟悉和陌生。

只是我的担心在于

在这些虚构里,我能不能看到多年前或者多年后的自己?!

　　有人问一位擅写情诗的诗人：你是如何把情诗写得如此千回百转、细腻美好的？诗人说：因为不曾拥有，所以穷尽想象。这一首《虚构》里涉及了多个意象：梦、飞鸟、笼子、酒、爱情、烟火、诗歌和白雪。这些意象都是诗歌常见的，并不新鲜，作者也没有刻意赋予它们任何新意。点睛之笔在最后两句：只是我的担心在于/在这些虚构里，我能不能看到多年前或者多年后的自己?! 在英语中，人们把"今天、现在"说成是 present。而 present 还有"礼物"之意。昨天已经过去，明天尚未到达。只有今天才是最重要的拥有。然而作者却并不担心现在不曾拥有，他只担心过去和未来，这一点也正好契合了《虚构》这一题目。

Inventing

A dream must be invented. This dream must appear in my dream

A bird must be invented. A flying bird. It's in a cage

A wine party must be invented. As well as some events. I shall hold the bird in my hand from beginning to the end

Love must be invented. It should be beautiful, like a bird's feather

Or in another word

It's so romantic that it looks like the flight of a bird

A firework must be invented. Brilliant fireworks. Many people wait and see. Many people are dizzy

Fireworks are in full bloom. And then despair. Finally, in a deeper silence

A poem must be invented. It shall record these events

Detailed. They look like stars first. Everyone is shining. Then the dust

We have to invent a snowy day Deep snow. We allow all free souls to fly. To float

Then to cover the world gently

Yes, I have invented a lot. All have a kind of mysterious relation with me, be familiar or be strange

What worries me is that

In these inventions whether I can find myself many years ago or many years later

生命之轻

像一片羽毛，上升的空气中
站着一个人的名字
瓦斯爆炸，空难，战争
这接二连三的遥远又触手
可及的名词

提起一个名字
就是忘记十个名字
百个、千个名字在自己的影子里
燃烧
一声雷打在一片云上
一片云落在一场雨上
一场雨打在一块土上
一块土站在一颗心上
一颗心上一个名字渐渐地

被人遗忘

像一片羽毛，上升的空气中
站着一个人的名字
当我刚刚说出
已经被另一片羽毛轻轻掩盖

一个人的死，什么时候重如泰山，什么时候轻于鸿毛？不谈家国情怀，有人是这样说的：时代的一粒尘埃落在个人身上，就是一座山。当灾难来临，个体是什么？一个数字？有时候连数字都不是。在集体的裹挟下，灾难变得抽象起来。受难者多如牛毛，事件的命名直接压在一个个鲜活的生命之上，可是，他们没有名字，没有声音，甚至没有面孔。

The Lightness of Life

Like a feather, rising in the air
There is a name standing
Gas explosions, air crashes, wars
Those remote nouns seem so near

Mentioning a name
Means forgetting ten names
Hundreds of thousands of names stand in their own shadow
burning
The thunder hits on the cloud
The cloud hits on the rain
The rain hits on a piece of field
A piece of field hits on the heart

220

The name on the heart is gradually
Forgotten

Like a feather, rising in the air
There is a name standing
Before I spoke it out
It had been covered by another feather

秋天之门

打开往事打不开一滴泪的清香
泪光里我年迈的母亲正撩起

斑白的相思
眺望城市的秋天
而我和我的女友正站在酷热的文字里
苦苦地咀嚼清贫并谓之生活

谁牵着大片洁白的云朵缓缓地
走过城市的天空
谁指引我漂泊的脚掌
一种归宿

幻想的秋天像盛开的花朵
我紧紧攥着的仅仅是一根细小的藤蔓
当我高举空空的双手
就像秋天里疯长的野草

221

一种声音说：秋天之门

是为即将到来的冬天打开

而我从心里说：不！

这绝不是一个季节的一切

当一个人千方百计逃离农村，到了向往的城市之后，就像是城市的拓荒者，他们的辛酸在于既要时时回望乡下的亲人，又要披荆斩棘在城市争取一席之地。身上被寄予的希望太多，担子太重，一个人也终会因为心思过重而无法过得轻盈。甚至，连悲伤都不敢拥有。他必须一直向前走，"就像秋天里疯长的野草"，明知冬之将近，却还在寻找一切鲜活的可能。

The Door to Autumn

You could open the past, but you could not open the fragrance of tears

In the tears, my old mother was lifting up

The gray missing

And thinking about the city's autumn

Where my girlfriend and I were sweating and

Chewing the poverty called life

Who was holding a large white cloud and slowly

Walking across the city sky

Who guided my wandering feet to

A kind of destination

The imaginative autumn was like a blooming flower

In my hands was just a tiny vine

When I held up my empty hands

They were like the wild grass in autumn

A voice said: the door to autumn

Was open for the coming winter

But I said in my heart: No

It was not all about a season

爬来爬去的雨

爬来爬去的雨把自己

钉在某个地方

拥有月亮。或在身体的某个地方

长满星星。夜晚

就不叫夜晚

开来开去的花朵一有风吹草动

就把羞涩深埋于爱情的背后

有一种植物开花不结果

有一种植物结果不开花

更多的植物开花又结果

我们说是左手

搭上了右手。后脚

跟上了前脚

通读全诗之后，就会知道这首诗的题目与通常意义上的统领全诗的题目不一样。这种确定题目的方式古亦有之，即取诗歌文本的第一句或者第一句的前几个字为题。爬来爬去的雨与开来开去的花，虽然在语气上显得轻松随意，但是，我们知道，是雨水宿命般地遇到了那些花儿，拥有了爱情。而爱情，会有各种结果。相对于两朵花儿或者两滴雨水的爱情，雨水与花儿的遇见，仿佛更具有烟火气。它们的爱情是建立在彼此需要的基础上，有一定的理性元素，所以，能够既开花又结果。

Crawling Rain

The crawling rain has nailed itself
Somewhere

If you have the moon. Or somewhere in the body
It is full of stars. Night
Would not be called night

The blooming flowers will bury her shyness behind love
When the wind blows

There is a plant that blossoms but does not bear fruit
There is a plant that doesn't bear fruits but blossoms
Most plants not only blossom but also bear fruits
We call it the left hand attaching to the right hand
The Hind foot
Attaching to the front foot

无所适从

梦境里。我努力抓住一些词语。

困惑。虚幻的河流在涨。

我无法睁开眼睛。和将面对的。

我将为这一切放弃努力。手开始感到无所适从

找不到位置。我的心成为被搁置的家园。

生活在哪个角落嘶哑着喉咙。阳光的虚设

在地球的街头幸福地漂泊。

没有声音——除了阳光。

没有耳朵——除了倾听。

没有幸福——除了流浪。

其实我们更没有眼睛——除了花香。

(除非春天

能够在一夜之间寂然开放!)

这首诗的特别之处在于对梦的描述。一会是客观记录,一会是主观感受;一会局内人,一会是局外人。所以题目为《无所适从》是再恰当不过的。在梦里看梦外的世界,在梦外端详梦里的情景,一动一静,动静交错纠缠,彼此感受又彼此否定。如庄生梦蝶,忽然恍惚。只不过,在这首诗里,只有一个人在梦里梦外奔波,并无蝴蝶。

Lost

In a dream. I tried to catch some words

Confusion. The illusory river was rising

I could not open my eyes and what I was going to face

I would give up for all of these. The hands began to feel at a loss

No location was found. My heart has become the home on waste land

Life in corner has a hoarse throat. The illusion of sunshine

Wandering happily on the streets of the earth

There was no sound – except sunshine

There are no ears ——except listening

There is no happiness——except wandering

In fact, we have no eyes —— except the fragrance of flowers

(Unless in spring

They can bloom in silence overnight！)

第六节　宋峻梁诗歌点译

我种了一片玉米

我种了一片玉米

肩并着我的肩

后来，漫过了我的头发

红缨子像两片纯净的唇

清清的流水

缠绕着地缝

如同流进我的心里

那香甜的气息诱惑着我

呵，多美的气息

我弯下腰

我为这些手植的玉米弯腰

1993 年

想起老树的一句诗：名利来了总还去，此生只向花低头。这
首小诗清新自然，仿佛来自幽谷的一阵清风，带着淳朴干净的气
息。清清的流水浇灌的不仅是玉米，还有"我"的心田。与其说
"我"在向玉米低头，不如说我在向自己心中追求的一种境界
致意。

I Planted Some Corns

I planted some corns

We stood shoulder to shoulder

Later, they were taller than I

The red tassel looked like two pure lips

Clear water

Winded around the ground

As if it would flow into my heart

The sweet smell tempted me

Oh, what a beautiful breath

I bent down

I bent over these hand-grown corns

风暴

风沙在我的周围旋转，像旋涡
在鱼的身边
我的手里握着一个空空的酒瓶
沙砾摩擦着玻璃
考验着我内心的暴躁

我的手伸向空中，像叶片
要脱离树枝而去
摧毁自身，被无形的力量牵引
狂烈的风沙在揭穿，在撕裂
在敲击，在纠缠

我不得不弯下身子，护住脸颊
每个人都长出了一对翅膀
瑟缩的动物也受到惊吓到处躲藏
失散的鸟——它们微弱的声音
在风暴中，恍如纸屑被扫荡

整个城市的梦里充填着黄沙
刹车的声音急促难辨，血液加入了
疯狂的舞蹈。我单薄的身体
被轻轻举起，像一条柔软的蛇
无法预测洪水是不是已经在上游

掀起巨澜。长街进入黑夜

进入风暴的中心。骤雨穿透了云层

我的双脚站在泥水里，在风暴中

依然走出了很远。我看见灯光还亮着

那个空酒瓶，从我的右手换到了左手

1994 年前后。2002.5.2 修

读第一遍的时候，突然被其中的这句"失散的鸟——它们微弱的声音/在风暴中，恍如纸屑被扫荡"击中。通感的运用将风中的声音转化为可视的具象，一下子让人有了身临其境之感。这首诗将自然的风暴与内心世界的风暴糅合在一起，将一个人心底的兵荒马乱描述得淋漓尽致。"空酒瓶"这一意象在整个文本中起着重要的作用。既是衔接，衔接了内外两个世界；又是象征，象征了一种无力的消极的对抗武器。

The Storm

The sand whirling around me like a whirlpool

With the fish

An empty wine bottle was in my hand

The gravel rubbed against the glass

Was testing my inner fury

I extended my hands to the air, like a leaf

Leaving the branches

Destroyed itself and was led by invisible force

The fierce sandstorm was exposing and tearing

It was knocking, it was pestering

I had to bend down to protect my face

Everyone had a pair of wings

The shrinking animals were also frightened and hid everywhere

Lost birds – their faint voices

In the storm, were like scraps of paper swept

The dream of the whole city was filled with yellow sand

The sound of the brake was urgent and indistinguishable

The crazy dance was added to the blood

My thin and frail body, like a soft snake

Was gently lifted up

It was impossible to predict whether the flood was upstream

It was a huge wave. Long street stretched into the night

And the center of the storm. The shower penetrated the clouds

In the mud, in the storm

I still walked long. I saw the light was still on

The empty bottle has been switched from my right hand to my
left hand

206 病房

女孩躺在病床上，她呼吸急促

她的哥哥，一个黑瘦的青年

微笑着扭头望我，望见我诧异的眼神

他说妹妹快不行了

女孩的心脏出了毛病
她的胸脯起伏，像夏天的蜜蜂
追赶着一个黑色的幻影。而阳光模糊
我汗湿的内衣紧贴在冰凉的脊背上

从206病房出来，女孩的哥哥
微笑着送我，我看出那微笑除了疼痛
没有任何内容。在掩上门的瞬间
病中的女孩微微侧过头来，干裂的嘴唇翕动
但是她
始终没有睁开眼睛

2001. 12. 30

匈牙利小说家莫利兹说过：穷人在想哭的时候也是常常笑的。有时候面对无奈和窘境，一个人站在灾难的中心，微笑仿佛是唯一的表情。可你知道，那只是一种无法言说的悲痛，虽然悲痛本身会减轻悲痛，可是，那个被悲痛折磨得痛不欲生的人，只会微笑。微笑是他面对外部世界并与之交流的唯一语言，对他们来说，眼泪似乎不合时宜。他们是没有权利流泪的。这首诗里的妹妹作为病人，得了不治之症，仿佛是不幸的最大受害者，可是，她可以闭眼，沉浸在自己的世界里悲伤。作为生者的哥哥却不可以，他连接着至少三个世界，一个是妹妹的病痛，一个是外界的联络，一个是自己的责任与情感。

Ward 206

The girl was lying on the bed of the hospital, short of breath
Her brother, a dark and thin young man

Turning to look at me, smiling. Seeing my surprise

He said his sister was dying

The girl had heart trouble

Her breast was like a summer bee

Chasing a black phantom. And the sun was a blur

My sweaty underwear clinging to my cold back

Out of ward 206, the girl's brother

Smiling to send me, I found that smile meant nothing except pain

Having closed the door

The sick girl turned her head slightly and her dry lips moved

But she

Never opened her eyes

不知道那是些什么花

我坐在那个校园

凉凉的石凳上

周围的花真多，都开着

这个早晨

校园里的湖南少女

在一个水池边走来走去

看自己的倒影

和游在水里的鱼

而那些花呀

碰我的脚踝

一副情窦初开的样子
看她们空空地摇晃
我真不忍心走开

2002. 3. 17

用花儿比喻少女，并不是很新奇的手法，用少女比喻花儿也是一样，但这首诗的诗意却恰在此处。尤其最后一节，明则写花，暗则写人。碰到"我"的脚踝的花儿与走到"我"的心里的湖南女孩一样，她们互相成为，彼此关照。她们干净得近乎是"空空地摇晃"，这是多么美好啊。与其说是不忍心离开，倒不如说我是不舍得离开。

Those Nameless Flowers

I sat on the cool stone bench
On that campus
There were so many flowers around. They were all in bloom
This morning
A girl from Hunan
Walking around a pool
Looking at her own reflection
And fish swimming in the water

And the flowers
Touched my ankle
It was like the beginning of puppy love
Looking at them shaking empty
I could not harden my heart to leave

疼痛

他的膝盖骨
被疾驶的摩托车
撞成碎片
那不是一些闪光的玻璃
或尖叫的玻璃
那是被自己的血
模糊的骨头

疼痛在一开始
还不真实
直到闪着金属光泽的钢丝
把一片片骨头
连缀起来

手术室很干净
窗帘把阳光严严实实地挡住
他亲眼看到
戴蓝色口罩的女医生
穿针引线
像缝一只
露脚指头的布鞋

2001. 10. 4 于鹿泉

人是在灾难之后痛定思痛的，在这首诗里也是一样，主人公的疼痛不是在车祸的刹那，而是在缝合伤口的时候，那些疼痛带着表情和颜色、声音一起袭来。重建的过程也是一个人逐渐冷静与思考的过程,而恢复理智,恢复感官功能之后,确实也会让疼痛变得真实而明显,这首诗就是表达了这样的一种哲思。

Pain

His kneecap
By a speeding motorcycle
Was smashed
Those were not shiny glasses
Or screaming ones
Those were bones blurred
By his own blood

The pain was not real yet
In the beginning
Until the shiny steel wire
Joined pieces of bones up

The operating room was clean
The curtains kept the sunlight out
He saw in person
A woman doctor with a blue mask
Sewing
As if sewing a cloth shoe
Through which toes had appeared

雪落下来就化了

这个过程太短暂

太阳还没有冷下来

我认识的人

和不认识的人

都被我简单地打发走

本来没有描述雪花

是怎样变成水的欲望

但是雪花的确一直在落

他们只有在飘的过程中

我才能看清楚

才能确定那是什么

那不是什么

但是这样的界限也变得

模糊

我走在街上有些沮丧

如同一幅照片上出现的那种表情

同样的情绪

不断地出现在周围

直到雪在脚下能够

保留下来

尽管我知道是短暂的

心情也会稍稍好些

2003.7.8

　　这是一首充满哲学思辨意味的诗。诗中提到"我"将所有人都打发走了。为什么？也许只是想要一个完整的个人空间，在这首诗里，"我"对完整的需求充斥于每一个词语当中。比如清楚、确定、界限、模糊等。这一点在我们每个人的生活中都或多或少地出现过，之所以会这样，无非就是想要有一个干干净净的开始，或者给过去画一个干干净净的句号。再升华一下，也可以理解为一个人对自我人格完整的追求的另一种写照。

The Melting Snow in Falling

This process was too short

The sun hadn't cooled down yet

People I knew

And people I didn't know

I sent them away

I did not mean to describe

How snowflakes became water

But snowflakes did fall all the time

Only in the process of their floating

Could I find them

and determine what they were

And what they were not

But such a dividing line had been blurred

I was a bit depressed while walking down the street

It was like the expression in a picture

The same mood

Constantly around

Until the snow built up under my feet
Although I knew it was temporary
The mood would be slightly better

一次完美的交流

大提琴低沉的欢乐压抑着
海风中扇动的翅膀

你和他，爱慕清晨的大海
此前一直在数波浪起伏的节奏

他的手指在玻璃杯上弹跳
一切似乎延续着秩序，他收敛了呼吸

你想起渔港边糟朽的船骨
以及鸡蛋花，潮湿的路面粘贴着花瓣

而他一定在想电影中的乌克兰女郎
红酒，真皮夹克，飞行的子弹

夜色正退出树梢上的鸟巢
天空的装饰物已被摘掉，或已纷纷坠落

海水的撞击声比夜间更响亮
整个海滩装进了太阳的沙漏
这首诗描写了一个人在玻璃后面看海上日出的情景，所谓玻璃后面，有可能是在面朝大海的房间里，也有可能是在船上的某个舱口。他们在海风里与大海共起伏同跌宕。所谓完美的交流，既是指现实与虚幻之间的交流，又是指"你"与"他"之间的交流。在大海的涛声中，彼此各得所需。这首诗值得称道的地方还有修辞。尤其是最后两节，读者在阅读的时候可以细细体味一下。

A Perfect Communication

The deep happiness of the cello was pressing down
The wings flapping in the sea breeze

Counting the rhythm of the waves
You and he loved the morning sea

His fingers were rapping on the glass
Everything seemed to be in order, and he held his breath
You thought of the rotten bones down the fishing port
And the plumerias, with its petals on the wet road

And he must be thinking about the Ukrainian girl in the movie
Red wine, leather jacket, flying bullets

The night was retreating from the nest in the tree
The ornaments of the sky had been taken off, or had fallen

The crashing sound of the sea was louder than that at night
The whole beach was put into the hourglass of the sun

一本书与一个人

我以为他早就作古了
才买了他的书
仔细读里面的鸡零狗碎
后来发现
他活得好好的
在灯光下频频出现
像个大人物
我立刻后悔买了这本书
怎么是这样一个人呢
有的男人留长发
或戴顶怪帽子
做成出格的样子
似乎外表在向灵魂看齐
有的人将文字升天
却明明活得世故
我后悔买这本书因为
他活着
干扰了我的阅读

　　人有时候真的好奇怪，我们做一件事本身不是因为这件事值得去做，而是因为其他一些看似不相关的原因。比如这首诗里，"我"之所以要买一个人的诗集是因为以为他早死了，这种认知甚至让我仔细阅读了本来不喜欢的东西。因为死者为大？还是因为对方死了，就会无形中处于一种没有未知干扰的状态，从而更容易让人心生怜悯，甚至宽容？当得知对方还活着，而且活得人模狗样，却突然失去了阅读的兴趣。可以说是因为他活着，干扰

240

了我的阅读。因为他活着的状态，缩小了文字的想象空间，让文字与现实之间的对比越发鲜明，从而形成一种无法弥补的阅读落差。大概这就是"因人废文"吧。

A Book and a Person

I bought his book

And read the bits and pieces carefully because

I had thought he was dead

It was later I discovered that

He lived well

He appeared frequently in the light

Like a big shot

I immediately regretted buying his book

How strange a person was

Some men wore long hair

Or a weird hat

They tried to be different from the rest on appearance

It seemed that the soul was in line with it

Some people make their poems pure and lofty

But lived their life worldly

I regretted buying this book because

He was alive

It interfered with my reading

三个苹果

大雨下在路上

　　骑行的人钻进密林

　　面包车中

　　三个正在腐烂的苹果

　　混在纸箱里

　　我嗅到它们

　　腑脏深处的嗳气

　　裹紧酒精的风衣

　　都是黑色的

　　大雨下在铁皮车顶上

　　跳起混乱的舞蹈

　　他们在敲车窗

　　也许一会儿就有人

　　将轮胎扎漏

　　该诗最动人的地方在内与外，动与静的对比，车外面是大雨滂沱，奔跑的人群、跳跃的雨滴，车里是纸箱和纸箱里三个正在腐烂的苹果。它们不受外面任何影响，刮风下雨白天黑夜似乎都与它们无关，它们就那样静静地顺从着时间的安排。而实际上，"面包车"也不一定会是永远的避风港。它自己也是危机四伏，除了"大雨敲打铁皮车顶"意外，还会有醉汉"将轮胎扎漏"。可是，"三只苹果"又能怎样呢？这首诗从另一个侧面也可以理解为一个人对现存生活状态的反思与反抗。以"苹果"喻己，以"雨水、裹酒精的风衣"喻外界的风险。又或者我们也可以把"雨中骑行的人""裹酒精的风衣"等等看作想象中冲出"面包车"的自己。将这种内外互换位置，恰好是一个人的生存实录。

Three Apples

It rained heavily on the road
The cyclist rushed into the forest
In the van
There were three rotten apples
In the carton
I could smell their
Belching deep in the viscera

Alcohol was wrapped by the windbreaker
Black
The rain beating on the tin roof
Danced in chaos
They were knocking on the window
Maybe someone would come soon
And puncture the tire

我要关灯了

晚安，世界
我要关灯了
只关一夜
明天早晨关或不关
就不重要了
我要关灯了
做什么样的梦

我没有期待

只要不被追逐

没有犹豫，纠葛，空茫

也不会

永久的陷落

我要关灯了

亲爱的世界

为眼睛蒙上雪白的翅膀

一夜

比一生漫长

一千年也不过如此

我要关灯了

我准备了枕头

拖鞋，震动器，蚊香

我不想听见脚步声

椅子碰倒声

诅咒声

亲爱的世界

我愿你也这样称呼我

把我当成你的孩子

我要关灯了

我已经亲吻了自己的手臂

　　罗伯特·弗罗斯特说："我和这个世界有过情人般的争吵"。实际上，谁不是如此呢？一方面爱着这个世界，一方面又因为爱而不断与之斗争。在这首诗里，作者反复地说"我要关灯了"。"关灯"意味着偃旗息鼓，宣告投降。诗的结尾说"我要关灯了，我已经亲吻了自己的手臂"，显然，这是在自我疗伤，而世界也不会把"我"当成它的孩子，虽然在广义上是这样的。

I am Going to Turn off the Light

Good night, world
I'm going to turn off the lights
Only for one night
Whether it will be off tomorrow morning
It doesn't matter
I'm going to turn off the light
What kind of dream do you have
I didn't expect
As long as you don't get chased
No hesitation, no entanglement, no emptiness
Not at all
Permanent fall
I'm going to turn off the lights
Dear world
Cover your eyes with white wings
A night
Is longer than a life
And so much for a thousand years
I'm going to turn off the light
I've got pillows
Slippers, vibrator, mosquito repellent incense
I do not want to hear footsteps
The chairs being knocked over
No curse
Dear world

I wish you would call me the same

Regard me as your child

I'm going to turn off the light

I've already kissed my own arm

子夜歌

即使月光里堆满石头，我也愿意

看到两个相反的月亮

在天空擦肩而过，互相看一眼，互相照一照

即使不说话。尘封的嘴唇挂满冰凌

石头里风干每一滴水

可以背靠背的热爱，可以在上半夜

和下半夜，搬运忧伤

搬运远方山顶一个人的眼神

到一条鱼的眼睛里

也可以搬运一头老虎的低吼

到一座空旷的殿堂——

几百位帝王相继亡故之后，家国

仍然悬挂于苍穹之下

　　子夜就是子时，指的是晚上 11 点至凌晨 1 点的时间段。这个时段正是今天与昨天的分水岭，人们甜梦正酣。而此时失眠的人，则会思绪万千。窗外的月亮挂在中天。偌大的天空，只有一枚月亮，多么孤单。作者此处以月表情。他希望有两个月亮，即便不能在一起，也是好的，只要相遇了，就已经足够。回忆会填

满空白的失眠。即使忧伤也好于空荡荡的怅然与孤独。由月及
人，最后一节，作者笔锋一转，一个人不辞劳苦搬运着陈年往
事。关于一个人，一些人，一件事，一些事。很多人离开了，但
是并没有消失。只要我们还记得他们，他们就一直在，无论是亲
人还是仇人，无论是平民布衣，还是帝王将相。

At Midnight

Even if the moon is full of stones, I would love to
See the two different ones
Passing by in the sky, taking a look at each other
And finding themselves in the other's eyes

Even if there is no talk or dusty lips were covered with ice
Or every drop of water in the stone has been dried
They still can love back to back
And remove sadness before and after midnight

They can take a person's eyes at the top of the mountain
To the eyes of a fish
They can also carry a tiger's roar
To an empty palace—
After the death of hundreds of emperors one after another
The family and the country are
Still hanging in the sky

清晨在山坡上模拟一声枪响

我在山坡上开枪

枪声划过一条弹道

在远处扬起尾音

有一丝颤抖

像一个人忽然哑了嗓子

我右手的食指

就这样发射出一颗子弹

我瞄准的地方

恰好有雾

仿佛巨熊隐身其间

我这样开了一枪

没惊动

任何一只熟睡的鸟

这是一首饶有趣味的诗。一个大家可能都做过的动作，因为借助了诗歌的翅膀而有了哲性的飞翔。尤其是最后几句：我这样开了一枪/没惊动/任何一只熟睡的鸟。古有成语"惊弓之鸟"，在这首诗里，虚拟的手枪瞄准的是想象中隐身在雾里的巨熊，即便如此，作者也是希望不要伤到无辜，即熟睡的鸟。就这样，在清晨的山坡上，一个人，完成了一部戏。

Simulating a Gunshot on the Hillside in an Early Morning

I shot on the hillside

The gun shot run across a trajectory

And ended in the distance

There was a shiver

Like a person's suddenly hoarse voice

The index finger of my right hand

Fired a bullet like this

Where I was aiming

was foggy

Imagining a giant bear hiding in it

I shot

Without rousing

Any birds from sleep

月夜，我以孤独代替自由

这孤独者的伤疤

我摸到山脉与冲击坑

手指经过玻璃

白雪、黑树枝、蝴蝶

我听到岩石里的寂静

以及深处的呢喃

我摸它，通过我身体的

电

炸裂的烟花在城邦之上闪耀

长城的暗影里一棵高大的

树，在腾空年轮

天空正垂下万千丝缕

那些攀到高处的人们

重新回到我的身边

带着烟草、宿醉和满腹牢骚

用竹筷

撬开酒瓶

自由不能等同于孤独，但是有时候孤独却可以等价于自由。所谓睹物思人，在那段可以选择的空荡荡的思绪里，我们一次次把走远的人拉到眼前。烟花炸裂的瞬间，总是会让人忍不住唏嘘，人生苦短，岁月并不宽容，也不漫长。一想到生之空，死之空，就忍不住放下很多事、很多人，就像一个守卫瞬间搬空一座城池，一棵树，腾空年轮。用思念填充孤独，让悦纳解放身心。

In the Moonlight, I Replaced Freedom with Loneliness

The scar of the loner

I felt mountains and craters

When my fingers touched the glass

White snow, black branches, butterflies

I heard the silence in the rock

And the deep whispers

I touch it, by the electricity of my body

The cracking fireworks sparkled above the city

In the shadow of the Great Wall was a tall tree

It was emptying its annual ring

Thousands of silk tapers were falling down from the sky

Those who climbed high

Came back to me, please

With their tobacco, hangover and whining

And with bamboo chopsticks

They opened the bottle

第七节 石英杰诗歌点译

荆轲塔是件冷兵器

微光渐渐退去。这件冷兵器

遗留在空旷的大地上，只剩一个剪影

像小小的刺

扎进尘埃，扎在诡秘的历史中

将枯的易水越来越慢

像浅浅的泪痕

传奇泛黄，金属生锈

那名刺客安睡在插图里

天空下，那个驼背人

怀抱巨石一动不动

他的头顶

风搬运浮云，星辰正从时间深处缓缓隐现

冷兵器时代已经过去，而关于冷兵器的记忆也会随着时间的流逝变成传奇，甚至在很久以后，我们的子孙会怀疑这一历史事件是否真的存在过。荆轲塔不仅是一座历史建筑，更重要的是一种精神见证，正因为有了"荆轲刺秦"的故事，才有了燕赵大地的"慷慨悲歌"的气质特征。假如这一切消失，我们又能去哪里寻找自己的精神之源呢？

Jingke Tower is a Cold Weapon

The light faded away, a cold weapon
On the open earth, only left a silhouette
Like a little thorn
It thrusted into the dust, into the mysterious history

The nearly exhausted Yishui flows more and more slowly
Like shallow tears
Legend yellowing, metal rusty
The assassin is sleeping in the illustration

Under the sky, the hunchback
Holds the boulder still
On the top of his head
The wind is carrying clouds
And the stars slowly show up from the depth of time

乌有之乡

春天是借来的，我没有产权
星空是借来的，我没有产权
大地是借来的，我也没有产权
对，包括肉体也是借来的

我只能临时使用，并终将被时间擦去

暗香浮动。在暗处

这些深邃而广阔的

我和它们一次次握手，击掌

由此而诞生的闪电，火焰

以及留下的灼伤，灰烬

我也只有一半产权

而另一半属于你，只有加到一起才完整

就像匆匆的相聚，你马上又会给我别离

这首诗让我想起一句话：我不是归人，是过客。当我们站在时空的无垠处回望人间，会发现，一切都是虚无。海明威在短篇小说《一个干净、明亮的地方》里，提到过一个西班牙语单词Nada，意为"虚无"。有时候想想，一百年前无你我，一百年后无你我，那么，我们是不是真实存在过？那些眼泪、愤怒、别离，是不是真实存在过？那些刻骨铭心的念念不忘是否真的会永恒？

A Land of Nothingness

Spring is borrowed, I am not the owner

The sky is borrowed. I am not the owner

The earth is borrowed, I am not the owner

Yes, including the body

I can only use it temporarily and it will be erased by time at last

The subtle fragrance drifting, in the dark

I shake hands with those profound and broad

And give them high five

But I am still not the owner of the created

Lightning and fire

For the burns and ashes left

Only half of them belongs to me

The other half is yours

It is not complete

Unless we are together

We are together

Then suffer the long-time departure

旷野

地里的庄稼都被偷光了

遍地是野兽的蹄印

刑场上

只剩下落日，迷信和风

这首诗短小精悍中制造出了阅读感觉上的空旷。地里长的庄稼和刑场上的人一样，都是被拿走的事物。庄稼被偷走，尚能留下作案者的踪迹，而刑场之上，受害者与施害者，难辨真伪。我们说不清那些行刑者与被行刑者谁从此死去，谁从此活了过来。但无论是谁，都是人性的牺牲品。然而，人杀人不留痕，远比野兽残暴很多。那些杀戮相对于人的生命的脆弱与渺小，短、平、快地以上帝的身份自居。历史成谜，万古皆空。在时间的虚空里，落日见证了一切，风把现场变成了传说。如此看来，世界就是一个巨大的旷野。

Wilderness

All the crops in the field have been stolen

The hoof marks of wild animals were everywhere

On the place of execution

There was only sunset, superstition and wind

人民

苍天

这些细弱的草数不胜数

因为缺少骨头

成片成片挤靠在一起

彼此依存又相互提防

他们存在的最大意义

就是用于践踏

反反复复践踏默不作声

即便遭遇集体修剪也默不作声

在中国古籍中，人民一般泛指人，如《管子·七法》："人民鸟兽草木之生物"；也指平民、庶民、百姓，如《周礼·官记·大司徒》："掌建邦之生地之图，與其人民之数。"在古希腊、古罗马，柏拉图、亚里士多德、M. T. 西塞罗等人的著作中也使用过人民的概念，但它是指奴隶主和自由民，不包括占人口大多数的奴隶。后来人民的意义不断扩大，在现代语境中，人民是对一个经济体认同并有归属感的人群集合。显然，在这里，"人民"这个词并不是现代意义上的概念。我们姑且把它理解为平民。这首诗，实际是对现在普通国人的劣根性进行了呈现：软弱，逆来

顺受，彼此之间既互相利用又互相提防。小算盘打得哗哗响，即
便生死关头，依然寄希望于坐收他人之利。把阿 Q 精神发挥到了
极致。当然在读这首诗的时候，需要辩证地看。这只是诗人作为
哀其不幸怒其不争的一种表达。因此也体现了情感的多层次化。
爱之深责之切。动手术是为了健康地活着，因此这首诗也将作者
忧国忧民的士大夫情怀表达了出来。

The People

My almighty

There are so many delicate grasses

Because of lack of bones

They are packed together

They depend on but wary of each other

The meaning of their existence

Is to be trampled

Repeatedly, silent

Even when they are mowed together

Totally silence they will still keep

烛

这个修长的人无法阻止泪水

无法阻止身体

无法阻止身体变成泪水

无法阻止下坠的泪水变成上升的火焰

这晃动的光

患有偏执症

一直在向黑暗索要那个即将赎身的人

仿佛一切都是身不由己，仿佛一切又都是"咎由自取"。一支蜡烛，把黑暗烧了一个窟窿，而窟窿却是它自己。它一面燃烧，一面毁灭；一面追求光明，一面走向深渊；一面前行，一面哭泣。这悖论，人生何尝不是？读这首诗，就像看西方的幽默故事，让人安静、思考，并反复品味。一切都在情理之中，一切又都在情理之外。

The Candle

This slender man cannot control his tears

Cannot control the body

Cannot control the body from turning into tears

Cannot control the falling tears turning into rising flames

The swaying light

Is suffering from paranoia

He has been asking the dark for the person who was going to be redeemed

隐

微风吹来，众草低头诵经。

尘土中，她藏在最深处

春天发现了她

暗光代替寂寞，流水换走三千青丝

那细芽，发亮，层层抱紧

十万化身。十万浮屠。

我仿佛在大戏以外
枯坐庙中，守着磨损的时光
那些露出的线头
那些渐渐明显的破绽
我一直担心自己的手艺
缝来补去，会留下怎样的针脚

为什么，黑夜要马上降临
为什么，要从万家灯火中独独取走我的灯盏
为什么，把我长久安顿在土腥味儿的空气深处
而另一个人却突然消隐，仿佛根本没有来过这个尘世

这首诗题目为《隐》，究竟是什么在"隐"，是细芽？是我？是时光？还是我们想而未见的人？细细读来，仿佛整个世界都在隐退，在时间的尽头，我们逐一出局。站在局外，人间多荒凉啊。这短暂的一瞬，这漫长的一世；这孤独的时空，这辽阔的夜风。

The Invisible

Breeze blowing, grasses were chanting with their heads low
Spring found her
Though she hid herself in the deepest dust
Dark light replaced loneliness; water replaced her long back hair
The buds were bright and tightly held
Once there were one hundred thousand incarnations, there were
one hundred thousand Buddha.

Like a stranger

I sat in the temple, in the worn-out time

The ends of its threads were seen

Oh, those obvious flaws

Being not confident with the skill

I have been worried about the stitches left

After mending it so many times

Why was night coming soon

Why did they take my lamp away from all the lights

Why did they settle me in the depth of the air with a smell of soil

While the other one suddenly disappeared, as if he had never come

雪人

我并没见过她，只是固执堆着雪人

堆出耳朵，鼻子，嘴

用黑煤球造出眼睛

还兴奋地给她的脖子系上红围脖

临到完成，我慌了神：

因为欠她一颗心

我无法帮她真正活过来

不能活，就无法帮她去死

最后地上多了一滩水，却没留下一句遗言

一生中有多少次我们这样一厢情愿地爱过一个人？我们义无反顾地爱着，不计代价地爱着，然而最终却发现，我们爱的是自己心里想爱的那部分，我们所给予的是我们认为对方需要的。我们爱着事物，还是在爱事物里投射的自己的愿望？有多少次我们把这种"自以为是"看作"无私无畏"？是啊，究竟什么是爱？爱的最终是"无我"还是"无他"？是救赎还是捆缚？

The Snow woman

I built a snow woman

With ears, nose, mouth

With eyes out of black coal balls

And excitedly I put a red collar around her neck

Though I have never seen her

Before completing, I became frantic

Because of owing her a heart

I could not really make her come alive

If she could not live, I could not help her die

Finally, a small pool of water was left

On the ground without any words

下雪了

雪下得很慢，很轻

下着下着，沟壑被填平

下着下着，下白我的头顶

也下白仇人的头顶

雪继续下，小城车水马龙

无论黑的，还是白的

下到最后，能白的全白了

我和仇人之间

剩下的全是雪，那么白，那么干净

这一首诗将时间与空间交织在一起，白雪与白头交映，是非与恩怨交织。不禁想起《红楼梦》里的话：好一似食尽鸟投林，落得个白茫茫大地真干净。注意第一句"雪下得很慢，很轻"，正是因为这"慢"和"轻"不易察觉，才总会让人有不堪回首的慨叹。

Snowing

It was snowing slowly and lightly

Gradually the ravines were filled

Gradually my head was white

So was my enemy's head

It snowed continuously in the little busy town

In the end, everything was white

No matter what color it was at first

Between my enemies and I

There was only snow

So white, so pure

灌木

再过三十年

我也会像这段消失于荒野的长城

变成沉默的废墟，绝口不提往事

当被迫说出这个秘密

我又不知不觉往前延伸了一寸

但我并没害怕，灌木的影子中依然藏有青春与悲悯

　　人生即旅途。当终有一天我们化作尘埃，那途中的经历、见闻也将归于泥土。时间的载者依然挺进，当初那些让我们血脉偾张的爱恨怨憎、善恶忠奸不翼而飞。可是，我们真的就什么也留不下吗？就真的"是非成败转头空"吗？显然不是。一只飞鸟掠过海洋，鸣叫与鸿影留了下来。我们离开人世，理想与精神留了下来。你看万家灯火，车水马龙，哪一个不是数代人的接力才得以实现的？

Shrub

Thirty years later
Like this section of the Great Wall, I will disappear in the wilderness
And become the ruins of silence, never mentioning the past

If forced to tell the secret
I know I will stretch my way out for one inch
But I am not afraid
There is still youth and compassion in the shadow of bushes

时光

我承认，那些消费过的时光

彻底丧失了继续使用的价值

但我仍要规规矩矩上交

请你们回收，粉碎，打浆

重新压缩成干净的白纸

如果真能拿回这些
我将保证完全放弃后面
我会在上面仔细的画出流水
流水旁边的道路，道路上的雾霭
雾霭后面的远方

我会勾勒这些细微的轮廓
用水彩笔笨拙上色
我会努力保持平静
责令将出的泪水戛然而止
不许流下，不许落在纸上

想起一首歌《时间都去哪儿了》。假如我们能拼接起所有的时光碎片，已经经历的、正在经历的、尚未经历的在同一轴线上行进，我们该如何面对它们？以沉默还是眼泪？都说"落子无悔"，又有多少次，我们无奈落子，最终有悔。可是，昨日之日不可追，人生没有返程票。那些缺憾也永远成了缺憾，我们手里的橡皮面向的是未来而不是过去，大概这种不可修复性也恰恰成全了人生的迷人处。

Time

I have to admit, the time consumed
Completely lost its value
But I still hand it out sincerely
You can recycle, crush and beat
And again compress it into clean white paper

If you can get it back
I promise to give up the rest completely
I will draw the flowing water carefully on it
The road beside the running water, the fog on the road
Even the distance in the mist

I would sketch every nuance of the outline
Clumsily color it with a watercolor pen
I would try to keep calm and
Stop my tears from bursting out
Or dropping down on the paper

到中年

大地上，道路不断分岔
我始终被攥着
没有机会停顿，选择

日暮途穷。欠人债越来越多
背负的东西越丢越多。我只剩下
手上轻而又轻的这捧文字

它们一无所用。不能偿还债务
不能换来柴米油盐
不能像金子一样闪光

人到中年
我像丧家之犬按捺不住恐慌
身后，时光一扇一扇关闭

站在这棵重新返青的白杨树面前
我忽然想到
这些枝丫没有分岔该多好

如果那样，事情是多么简单
哪怕天很快黑下来
我也能无忧无虑走下去

如果用一个词形容中年，也许"恐慌"是最恰当不过的。中年，经历了人间的各种分水岭，各种有涯与无涯都近在咫尺。中年，见证了人性的复杂和脆弱，各种随波逐流，各种阿Q式的自我麻醉。很多人在写到中年话题的时候，都会慨叹假如时间能在童年停住多好，或者是那多汁而酸涩的青春，也好啊。可是，你再想想，当时的你，有多想快快长大，又有多想与一个人一夜白头？但是无疑，中年是一个承前启后的阶段，既怀有尚未熄灭的火焰，又不得不承认正在走向灰烬；既要用很多的"理所当然"和"大多数"来让自己心安，又不得不面对许多的"意外"和"突然"。中年，很多的"希望不如所料，却恰如所料"迎面而来。中年，这无所依靠的可怜人。

A Middle-aged Man

On the earth, there are so many road branches
I've always been chasing
Without any chance to pause and make choices

At the end of my rope, there are more and more creditors
And more and more I begin to give up
Until nothing left except
This handful words, lighter and lighter

They are useless.
You cannot pay debts with them
Nor trade for firewood, rice, oil or salt
It can't shine like gold

At middle age
Like a lost dog, I can't help panicking
Time behind me closes itself one by one

Standing in front of the revived poplar tree
How I wish
These branches didn't bifurcate

Then how simple it would be
Even if it gets dark soon
I can make my way and be free of worry

拔钉子

妈，你走之后
我一直使劲往外拔钉子

出殡前，七寸大钉硬梆梆砸进棺木
有一颗他们钉错了地方——
落下的锤头直接钉进了我的心
灵堂之外，我跪在地上浑身发抖
牙齿咬破了嘴唇，想喊却偏偏喊不出声

那颗钉子锈在里面
这么多年，我常常半夜醒来
一次一次往外拔
每次都拔得泪水长流眼前发黑
可钉子居然越拔越深
妈，是谁死死咬住它不肯撒嘴

这一首也是悼亡诗。亲人的离开，有人说是留下了一个很大
的"空"，空桌子、空椅子、空杯子、空镜子……凡是那人曾在
之处，曾经之处，都空了出来，从此，再无从填补。石英杰这首
诗，把"空"用钉子填满，每一处都透着疼，那种扎心扎肺的
疼。沉闷的、尖锐的疼。面对母亲，也许余生只剩下了两个动作
——不停地往里钉钉子和不停地往外拔钉子。无论哪个动作，都
是生颤颤的疼，都鲜血淋漓，痛彻心扉。

Pulling Nails

Mother, since you left
I have been pulling the nails

Before the funeral, seven-inch long nails had been smashed into
the coffin

One of them was smashed in the wrong place——

It straightly penetrated my heart

Outside the mourning hall, I knelt down on the ground and trembled

I could not cry out

My teeth chattered, my lip bloody

The nail has been rusted inside

Over the years, I used to wake up at midnight

I tried to pull one at a time

I blacked out and burst into tears

But the nails are getting deeper and deeper

Mother, tell me who is holding on to it

隔海

我要出资,倾囊
买下这座大海,买下一次挥别,十万场等待

那样,卷曲的海水就是舌尖
柔软而敏锐,是我的,也是你的
伸展开,能直接够到你的岸,我的码头
那样,澎湃的大海
就是结实的、有弹性的韧带
紧紧牵引住无助的你,无助的我

那样,我想让波涛停顿

它们就会一千年接一千年缓慢停顿下来

那样，暗礁，岛屿，曲折的海岸线

两个人疏离的孤单的爱

就会像骨骼，筋络和肌肉

死死攥住，连接成一块完整而沉默的陆地

这首诗可以看作一首爱情诗，但是很多爱情诗往往表达的是作者自己的理想，这首也不例外。这样的写法古亦有之，今人也多用。假如我们当爱情诗来读，那么它就是一首荡气回肠的爱的赞美诗。这绝望的热烈的爱情，如何才能让人穿越时间与空间的藩篱，让两个孤独的灵魂相拥。在这首诗里，作者设想了两个场面，一个是买下波涛，化为激情的舌尖、韧带，无从分离。二是当一切冷却，两个人安静、沉默，更加牢固地永恒地在一起。总结起来，就是一种灵与肉的结合，一种不离不弃，生死相依的结合。

Across the Sea

I'm going to buy the sea with all I have

And a farewell and ten thousand times of waiting

Then the curly water will be the tip of the tongue

Soft and sharp, which belongs to us two

Stretching out and it will reach your shore and my dock

Then the surging sea

Become a strong, elastic ligament

Connecting you and me, the two helpless

I will stop the waves

Though it will take one thousand years to calm down

Reefs, islands, winding coastlines

The lonely love between us two

All shall be like bones, tendons and muscles

Clinging to the sea and make it

A piece of complete and silent land

参考文献

1. 北野. 燕山下 [M]. 石家庄：花山文艺出版社，2017.

2. 东篱. 唐山记 [M]. 石家庄：花山文艺出版社，2017.

3. 见君，青小衣. 青小衣访谈见君之：慈悲之上，诗歌究竟 [J]. 建安部落，2019.5.

4. 见君. 之后 [M]. 石家庄：花山文艺出版社，2017.

5. 李洁夫. 平原里 [M]. 石家庄：花山文艺出版社，2017.

6. 晴朗李寒. 点亮一个词 [M]. 石家庄：花山文艺出版社，2017.

7. 石英杰. 易水辞 [M]. 石家庄：花山文艺出版社，2017.

8. 宋峻梁. 众生与我 [M]. 石家庄：花山文艺出版社，2017.

9. 吴媛. 边缘与坚守——"燕赵七子"诗歌创作简论 [J].《星星诗刊》，2018.20.

10. 郁葱. 在河以北——"燕赵七子"诗选 [M]. 石家庄：花山文艺出版社，2015.

11. 赵晓芳.《一小时的故事》中马拉德夫人的心理变化 [J].《作家》，2009.12.

12. 赵晓芳，徐艳丽. 从文体学角度解读诗歌《雪夜林边停》 [J].《学术探索》，2011.2.

13. 朱立元. 美学大辞典 [M]. 上海：上海辞书出版

社，2014.

14. 阿平. 简论"燕赵青年诗丛"——平衡与不平衡的胶着.
http：//blog. sina. com. cn/s/blog_ 43b28e910102wzlv. html.

15. 曹英人. 河北诗人点读——第一集之白：李洁夫. ht-
tp：//blog. sina. com. cn/s/blog_ 4b6638de0102w0jm. html.

16. 何瑞涓. 河北诗歌与"燕赵七子". 中国作家网 http：//
www. chinawriter. com. cn/wxpl/2015/2015 - 12 - 07/259858. ht-
ml.

17. 苗雨时. 论诗歌的张力. http：//blog. sina. com. cn/s/
blog_ 66e437910102yr26. html.

18. 王吉安. 诗歌语言张力之美. http：//www. sohu. com/
a/240604851_ 822211.

19. 王克金. 存在于虚拟之乡——读李洁夫的诗. http：//
blog. sina. com. cn/s/blog_ 66e437910102w4bw. html.

20. 郁葱. 解读李洁夫和他的《平原里》：一个村庄的诗歌史.
http：//baijiahao. baidu. com/s？id = 1601414071146417304&wfr =
spider&for = pc.

后 记

整本书从开始写，到最后完成，屡经波折，这里所谓的"波折"并不是写作方面，而是我自己的生活方面。这期间，母亲突然患病，确诊为子宫癌，而且是晚期。那一段时间，我六神无主，整日昏昏沉沉忙碌于医院和家庭、工作单位之间。但是，无论我们如何努力，母亲还是离开了。母亲的突然离世对我打击很大。母亲是一个很强势的人，强势到让人觉得她永远不会倒下，我甚至天真地以为，只要我们多鼓励，她自己多点毅力，就一定会战胜病魔。母亲离开后，我对一切都丧失了兴趣，甚至觉得诗歌无用，一切都是虚无。生命的无常与无力感常常让我彻夜难眠，而且经常出现梦魇。后来的体检中，我自己的身体也发出了信号，所以，我决定自救。一个人不能自私地活着或死去，每个人的降生都是带着使命的，为家庭、孩子、父母甚至周围的人，再大一些，或许是同胞甚至历史。所以，我又拿起了笔。

感谢那些对我不离不弃的朋友们，感谢在写作过程中，对我指点帮助的人，谢谢你们等我、宽容我。同时也感谢河北省社科联的工作人员，当我申请延期结题的时候，他们很善解人意地同意了。

现在终于可以长出一口气了。